Opal
オパール文庫

草食系(?)僧侶と小悪魔ちゃん

麻生ミカリ

プランタン出版

※本作品の内容はすべてフィクションです。

第一章　初恋、こじらせるなかれ

抱きついて、上目遣いでおねだり。抱きついて、上目遣いでおねだり。抱きついて、上目遣いで——。

夏見明日香《なつみあすか》は、階段をのぼる間、何度も心のなかでその一文を繰り返した。まるで呪文のように。

そしてついに、実行の瞬間がやってきた。

「つぐ兄《にい》……っ」

それまで明日香の前を歩いていた菅生継深《すごうつぐみ》が、呼び止められて振り返る。ちょうど彼は、自室の扉を開けて室内に入り、ベッドの枕元に置いた照明のリモコンを取ろうとしていたところだった。

「えっ、ちょ、あーちゃん!?」

それほど強い力で抱きついたつもりはない。むしろ、しなだれかかる程度の意識だったのだが、タイミングが悪く――もしくはタイミングが良く、継深の膝裏がベッドのふちに当たった。

ぎしり、とベッドが軋む音がする。

気づいたときには、明日香は恋する相手の胸に抱きついていた。正しく言えば、彼をベッドに押し倒して胸と胸を密着させた状態だ。

――これは、予想外においしい……もとい、いけない体勢!? でも、ここで怯《ひる》むわけにはいかないわ!

「あのね、聞いてほしいことがあるの……」

上目遣いはあきらめる。互いの顔と顔が近すぎて、この位置から上目遣いを意識したら睨《にら》みつけているように見えてしまうかもしれない。

その代わりに、明日香は吐息もかかりそうな距離で十年来の想い人をじっと見つめた。

「や、あの、話はいいんだけど、この体勢で!?」

開け放したカーテン、ほのかに室内を照らすのは遠く輝く白い月の光。今なら誰も見ていない。いっそこのままキスしたくなる、継深の形良い唇がすぐ目の前にあって。

――落ち着いて、明日香。あんなに考えてきたんだから、ちょっとのアクシデントくらいでめげちゃダメよ! 抱きつくところまではＯＫだから、上目遣いはナシで、次は……。

継深の首から下げた略肩衣《りゃくかたぎぬ》をよけて、明日香は着物の布地をきゅっとつかんだ。指先がかすかに震えている。

憧れの人を押し倒した興奮によるものか、脳内リハーサルと現実の相違が引き起こした緊張によるものか、彼女自身にも理由はわからない。

ただ、伝えたくて。

どうしても今、伝えなくてはいけないと心が逸《はや》っていて。

ふわりと鼻先をくすぐる白檀《びゃくだん》の香りに、こじらせた初恋がせつなく疼く。

「わたし、いい子でいるのやめようと思う」

「え？」

——六歳も年上の男性を押し倒しておいて、いい子も何もあったものじゃないけどね。

胸の内でそう思いながら、明日香はつとめて真剣な表情を装う。

「それってどういう……」

困惑した彼が、月明かりでもかろうじてわかる程度に頬を染めていた。右目の小さな泣きぼくろのあたりまで朱がさし、そんな表情すらも魅力的に見える。

どうしてこのひとは、これほどまでに艶美なのだろうか。禁欲的な存在でありながら、彼だけが明日香の心を欲情させる。

——ずっと好きだった。ねえ、つぐ兄は気づいてくれなかったけれど、わたしはずっとあなたのことを異性として見てきたの。だから……。

十年間の片思いは、裏を返せば十年にわたる妹扱いでもある。継深にすれば、女と思っていなかった相手からたいそう積極的に迫られているともいえる体勢に、戸惑わないはずがないだろう。

なにしろ彼は、誰よりも優しくて誰よりも心の清い青年。まして職業は僧侶ときている。明日香が今までどれほど彼に触れられたいと願ったかなど知る由もない。

「わたしね…………」

長く伸ばした明日香の髪がさらりと揺らぎ、継深の首筋をかすめた。彼がぴくりと体をすくめる。ほんの些細《ささい》な反応すら、密着しているから感じとることができる。

明日香は、次の言葉を口にするため、彼に気づかれないよう心がけて静かに、けれどしっかりと息を吸った。


♪。+.ﾟ+。♪。+.ﾟ+。♪


その日、九月に入って初めての雨が降った。

明日香は大学へ持っていくテキストやノートを使い慣れたトートバッグに詰め、早朝のうちに家を出る。

じっとりと肌にまとわりつく湿度が不快なはずが、彼女の足取りは今にもスキップをしそうなほどに軽かった。

向かう先は、自宅から歩いて十分ほどの距離にある千永寺《せんえいじ》だ。新興住宅街と呼ぶにはいささか年を経た町並みを横目に、袋小路のつきあたりに広がる竹林を見上げる。中央に古い石段が上へ上へと続く、この景色は十年前となんら変わらない。

——初めてここに来た日も雨が降っていたのよね。

ふと懐かしく思いながら階段に足をかけると、左右から伸びた竹のアーケードが雨を防いでくれた。

こんな日は、過去へ続く時間のトンネルをくぐっているような気持ちがする。

思い起こせば、初恋を十年以上もこじらせた挙げ句、未だにまともな告白もできていない。

彼女の思う相手は、この石段の先——千永寺の庫裏《くり》に住んでいる。

十歳だった明日香は、高校生の継深に恋をした。当然告白などできるはずもなく、ひっそりと憧れのお兄さんを思い続ける日々だった。

千永寺の住職、つまりは継深の父がやっている書道教室に通い、子ども会の町内掃除では決まって千永寺近隣に陣取った。少しでも彼に会いたくて、顔を見たくて。

今は無理でも、いつかきっとつぐ兄のお嫁さんになる——。

そう、心に誓った日から十年。残念ながら、大学二年生の明日香は彼の妻どころか恋人にすらなれていない。

ただし、彼女の恋心に気づかない鈍感な美貌の僧侶本人は別として、彼の両親はことあるごとに、

「つぐみくん、早く明日香ちゃんをお嫁さんにもらってかわいい孫を見せてほしいな」

「明日香ちゃんが坊守《ぼうもり》になってくれりゃ、ワシも安心できるんだがなあ」

などと継深をせっついてくれる。いいぞもっとやれ、と今にもこぶしを振り上げたくなるのは内緒だ。

——知らぬは本人ばかりなり、ってね。

やれやれと、明日香は肩をすくめて階段をのぼっていく。けれどこの状況を打破しなければと躍起になるほど、今の彼女に危機感はなかった。

高校時代、継深にはつきあっていた女の子がいたのを知っている。大学時代にもひとり、今まで明日香の知るかぎり、彼はふたりの女性と交際をしてきた。

それについて、嫉妬する気持ちがないとは言わないまでも、健全な男性ならば当然のことだと理解はできる。

要は継深にとって最後の女になることが明日香の目的なのだ。六歳も年上の男を好きになった時点で、小学生だった彼女は自分を納得させるためにそう考えた。現に今、袈裟《けさ》を着てもスーツを着ても、周囲の女たちの視線を集める立派なイケメンに育った継深にはつきあっている女性がいない。

このまま、なんとなしにお寺のお手伝いを続けて、それとなく時期が来たらプロポーズしてもらえたり——と、甘いことを考えていた。

——それにしても、おじさん大丈夫なのかしら。緊急入院って、余程のことに思えるけれど……。

明日香が今朝、こうして千永寺へ向かっているのは、昨夜届いたメールに応えてのことだった。

住職の後妻であり、継深の義母である麻美《まみ》からのメールには、朝一番の便で大阪へ向かわなければいけないので、双子の面倒を見てもらえないかと書かれていた。

継深と十九歳も歳の離れた双子の弟妹、静麻《しずま》と莉麻《りま》は、この春に小学校へ入学したばかりである。麻美が朝から出かけるとなれば、誰かが世話をしてやる必要があるのはもっともだ。

そして、明日香は日頃から千永寺、ひいては菅生家にちょくちょく手伝いに行く関係で、引っ込み思案の静麻とも、こまっしゃくれた莉麻ともそれなりに親しくしている。

ちなみにこの双子、二卵性なのだが顔立ちはよく似ており、どちらも外見だけならば天使としか言いようのないほど愛らしい。子役やモデルをやらないかと誘われた回数は、生まれてこのかた両手の指では数えきれないほどというのだから驚きだ。

麻美が急に発《た》つことになったのは、住職の継善《つぐよし》が講演を頼まれた出先の大阪で緊急入院したのが理由だというのだから、断る理由などひとつもなかった。何より、見知らぬ相手に任せるにはちょっとむずかしい双子を知る明日香は、一も二もなく麻美の頼みを承諾した。

そして今――彼女は石段をのぼり終え、境内を歩いて庫裏へ向かっている。

麻美はおそらくすでに出かけたあとだろう。歳の離れた夫婦だが、継善と麻美はたいそう夫婦仲が良く、互いを想い合っているのが他人の明日香にも見てとれるほどだ。緊急入院とあっては、麻美も気が気でないに違いない。

本堂の左奥、大銀杏《おおいちょう》の裏手に双子が生まれてから改築した庫裏がある。境内にあるからこそ庫裏と呼ぶにふさわしいが、建物だけを単独で見れば、現代的な外観はお寺の住職一家が住む家屋だとは思うまい。

簡素ながらもまだ新しい木造二階建て家屋の玄関に立ち、明日香はトートバッグの内ポケットから菅生家の鍵を取り出した。普段から双子の遊び相手をしたり、留守を預かることもあって、大学に入学した二年前に麻美から渡されたものだ。このあたりから考えても、麻美が本気で明日香を継深の妻にと望んでいるのがうかがえる。そうでもなければ、ただの近所のお嬢さんに家の鍵など預けるものだろうか。

――つぐ兄、もう起きてるかな。

双子が起きるより早く、継深は朝のおつとめを始める。朝六時に小ぶりの鐘楼《しょうろう》で梵鐘《ぼんしょう》を鳴らすのが彼の日課だ。もとは住職の継善が鳴らしていたが、還暦を迎えたころからそれは継深の仕事になった。

鍵を差し込もうと手を伸ばしたとき、内側から玄関扉がゆっくりと開けられた。その扉の開け方だけで、向こう側に立っているのが継深だと明日香は確信できる。

麻美ならば、外に明日香がいることなど考えもせずに豪快に開け放つだろうし、静麻は怖がりなのでまだ空が暗いうちに外に出たがったりはしない。まして莉麻の場合は、小学一年生にして「すいみんぶそくはお肌にわるいんだから！」と言っているのだから、六時前に玄関に出てくるとは考えにくい。

——ううん、でもそういうことじゃなくて……。

継深はすべての所作が、どことなく浮世離れして優雅だ。本堂の雑巾がけをする姿すら、明日香の目には麗しく見えるのだからどうしようもない。

これが、継深相手でなければあばたもえくぼと笑われようものだが、彼にはあばたどころかそばかすもニキビ痕も見当たらず、男性にしては色白のすべらかな肌をしている。そのうえ、彫りは深くないものの端整な顔立ちに長身のしなやかな体軀で、袈裟をまとう彼を見てため息のひとつもつかない女性は少ないだろう。

「おはよう、あーちゃん。迷惑をかけてごめんね」

扉の向こうで、すでに袈裟に着替えた継深がやわらかく微笑む。外から吹きつけた風が、彼の少しクセのある黒髪を揺らした。

千永寺の宗派では、僧の剃髪が義務づけられていない。住職である継善も、白髪を短く刈り込んではいるもののいわゆるお坊さんらしいつるりとした頭をしているのは見たことがなかった。

「おはようございます。迷惑だなんて思ってないからだいじょうぶよ」

ただし、明日香は見られなかったけれど、習礼を終えて得度《とくど》の際には継深も完全に剃髪したらしい。らしい、というのは継深が地元ではなく、京都で修行をしていたためだ。写真くらい見せてくれてもいいのに、と明日香は何度かせがんだことがあるが、「ほんと、似合わなかったから恥ずかしいんだよ」と困ったように笑って、継深は当時の写真を見せてくれない。

「これ、よかったら使って」

やはり、彼は明日香が到着していることを知っていて、驚かせないように気遣いながら扉を開けたのだ。差し出されたタオルで、かすかに濡れた長い髪の毛先や、スカートの裾を軽く拭う。

気配りのできるイケメン僧侶、しかも建築家でもある彼。この数年ライバルがいなかったことを阿弥陀《あみだ》さまに感謝したくなるのは当然だった。

「ありがとう、つぐ兄。まだ六時前なのに、もう着替えていたの？」

「うん、義母《かあ》さんを駅まで車で送っていったんだ。さっき帰ってきたところ。あーちゃんこそ、こんな早起きして眠くない？　だいじょうぶ？」

ごく自然に、彼は明日香の手からたたんだばかりの傘を取ると、彼女に飛沫《しぶき》がかからない位置に移動してさっと水をきる。

やってあげる、とか、貸して、とか、そんな言葉を必要としない継深のふとした優しさが、自分にだけ向けられたらいいのに、と明日香は思ってしまう。

彼にとってこうしたことは特別なことではなくて、たとえば門徒のオバサン相手でも同じように振る舞うのが目に浮かぶ。

「だいじょうぶ。今日はもともと午前中しか講義はないし、しいくんとりまちゃんが帰ってくるより早くこっちに戻れると思う」

朝起きて母親がいないだけでも、子どもたちにとっては非日常だ。それに加えて帰宅したときに家に誰もいないなど、双子にすれば普段はありえないことなのだから、せめておかえりを言う人間がいたほうがいい。もとよりこうした緊急事態のために明日香はこの家の鍵を預けられているのだ。

なにしろ、麻美が頼んできた理由のひとつに、今日は継深が寺を空けることもあった。彼は僧侶にしては異例の経歴の持ち主で、高校卒業後に芸大の建築学科へ進学した。寺を継ぐつもりがなかったわけではなく、すぐに修行の道を選ぼうとした継深に対して父親の継善が「狭い世界に閉じこもるな。大学四年間、好きなことをすればいい」と進学を勧めたという。

二浪三浪も珍しくないと言われる難関芸大にストレートで入学し、いずれ訪れる本堂の改修に少しでも役に立ちたいと建築を学んだ継深だったが、期せずしてその道に才があったらしい。

大学三年のとき、国際的なランドスケープと建築のコンペで最優秀賞をW受賞し、一部の専門家たちをうならせた。その後、受賞した設計のブラッシュアップと建造にあたって、友人たちと共同で在学中に起業したデザイン事務所で今も仕事を請け負っている。

――どこに行っても、つぐ兄はみんなに愛されて、みんなに必要とされてる。つぐ兄を独占したいって思ってるのは、きっとわたしだけじゃないはずよね。

　明日香の知らない世界で、明日香の知らない人たちに囲まれている継深を想像すると、ほんの少しだけ寂しさが募る。デザイン事務所の仲間たちとは顔見知りだが、当然依頼してくるクライアントのことなどつゆほども知らない。

「それより、おじさんの容態はどうなの？　緊急入院なんて……」

　トートバッグをかけ直し、気持ちも仕切り直した彼女の手から、今度はまたしても自然にタオルが回収された。拭き終えるタイミングも見誤らない。継深は観察眼に優れた男性だ。

「うーん、まあ、なんというか、別に生命にかかわる病気とかではないよ」

　らしくない歯切れの悪さに、明日香は逆に不安がこみ上げるのを感じた。

　子どものころから通い慣れた千永寺、継善は彼女にとって書道の師匠でもあったし、僧侶という立場から、いろいろなことを教えてくれる存在だった。その継善に何かあったとなれば、落ち着いてもいられない。

　表情が曇った彼女を見て、継深は困ったように頭の後ろを軽くかいた。

「あーちゃん、ほんとうに心配しないで。って、こういう言い方が逆に心配させてるのか。あのね、絶対内緒だよ？」

「わかった、内緒にするから教えて」

　そう答えると、彼は膝を曲げて明日香と目線を合わせる。静かにふたりの距離が近づいて、こんなときだというのに明日香の心臓はぎゅんと跳ね上がった。

「……じ」

口元に右手を添えた継深が、聞き取れるかどうかのぎりぎり抑えた小さな声で言う。

「え？」

「えっと、だから、痔がね、悪化しちゃってね」

うら若き女性相手に、痔の説明をするのは彼としても非常に気まずい様子で。

――ああ、阿弥陀さま。それなのに、ちょっとはにかんだつぐ兄がかわいくて萌えるとか思ってごめんなさい……！

「そ、そういうことなので！　ほんと、心配は不要です。そして俺はそろそろ境内の掃除をして梵鐘を鳴らしてくるね。あっ、朝食は義母さんが準備していってくれたから、双子が起きたら食べさせてくれるだけでいいよ。洗い物は俺がやるし！」

気まずさを振り切るように、継深は早口でそう言って明日香の脇をすり抜けていく。困ったときや照れたとき、突然敬語になるのは彼のクセのひとつだ。

傘もささずに歩き出した継深の肩口を、雨粒がさぁっと濡らしていく。

「つぐ兄、傘は？」

思わず声をかけると、「あっ」と小さく声をあげて彼が立ち止まる。

数秒の逡巡。

継深は、先ほど明日香に貸してくれたタオルを手に握ったままだった。それを頭にのせると、二十六歳の男性とはとても思えないほど無垢な笑顔をこちらに向け、すぐに本堂へ向けて駆け出していく。

その背中が大銀杏の向こうに見えなくなるまで、明日香は両手をぎゅっと胸に当てて立ち尽くすしかできなかった。

——どうしてあの人はあんなにかわいいんだろう。どうしてあの人はあんなにわたしの心を鷲掴《わしづか》みにするんだろう。どうして、どうして……？

考えたところで詮無いことだ。

最初から継深だけが特別で、最初から継深だけを好きだった。

ただ、好きで好きで、好きすぎて苦しくて、だけどその苦しささえも彼の笑顔に癒やされて、また今日も一日が始まろうとしていた。

「……いい加減にしてくれないと、そろそろわたし、キュン死しちゃうから！」

明日香の声は、強くなった雨脚にかき消される。もし継深に聞こえていたとしても、彼はきっと『キュン死』の意味を理解しないだろうから問題ないが。


♪。.+゜.+。♪。.+゜.+。♪


予定どおり、午前中で受講している講義が終わった。

そして予定にない電話で、高校時代の友人が二十歳の花嫁になることを聞いた。

──まさか先を越されるとは思ってなかったわ……。というより、あのふたりが学生結婚するなんて驚きなんですけど!?

おめでとうと、うらやましいが交錯する。どちらも同じ強さで、一瞬言葉を失ったほどだった。落ち着いてみれば、素直に祝う気持ちでいっぱいになるが、同級生のなかでも目立つほうではなく、赤面症で子どもっぽかった彼女が、結婚第一号になるとは驚きだ。

──でも、驚くほどでもないわよね。あの子ってとても素直だったし、わたしから見てもからかいがいがあってかわいかったもの。

時にわざとなのかと言いたくなるほどのまぬけっぷりや、もう少し考えて行動しなさいと言いたくなる面もなかったとは言わない。友人だからこそ、心配になる。

だが、果たしてそれは彼女にとってマイナスとなるばかりではなかったということだ。

結果、彼女は大好きな人と結婚する。それ以上の幸福なんてあるはずがない。

素直でなければ隙もなく、いつも計算してから行動してしまう自分の恋がうまくいかないのも当然か。

なんの気なしに渋谷の雑踏を歩きながら、明日香はどこかに継深の姿を探す。家に帰るには明大前で乗り換えなくてはいけない。こんなところでふらふらしていないで、さっさと井の頭線に乗ってしまえばいいとわかっているのに、今、理由《わけ》もなく継深に会いたかった。

継深の事務所は、渋谷駅と恵比寿駅のちょうど中間あたりにある。何度か忘れ物を届けたり、長期休暇を利用してちょっとした事務のアルバイトをしたことがあるから、ビルの場所もわかっているけれど、理由もなく顔を出せるところでもない。もしも明日香が継深のじつの妹だったら話は別だ。

近場まで来たから、兄に会いにきました。おにいちゃん、パンケーキおごって！　ブルーベリーソースと生クリームがたっぷりのってるの！　そんなふうに、気軽に事務所へ遊びに行くこともできるのかもしれない。

——でも、わたしはそうじゃない。妹じゃないし、妹みたいなものって言われても嬉しくないんだもの。

言ってしまえば、じつの妹でなくたって無邪気を装って押しかけることは簡単だ。事務所のスタッフたちも、大学時代からの継深の友人ばかりなので明日香のことは「まー、彼女じゃないとか言ってるけど、いずれはそういうつもりなんでしょー？」くらいの感覚で見ているのはわかっている。アルバイトで通っていたときも、男所帯の事務所ではそれに近いことを直接言われもした。

——あーあ、ほんとうにそうなってくれたらいいんだけど……。

脳内に、子どものころ遊んだ花いちもんめが聴こえてくるのは、決まってこういう理由を説明できない焦燥感に襲われたときだ。

あの子がほしい
あの子じゃわからん

相談しましょ
そうしましょ
誰に相談することも、明日香はよしとしなかった。ただ、「あの子がほしい」だけ。菅生継深という唯一の存在がほしくてほしくて、何度も手を伸ばす。

それなのに、気遣いができて優しくて観察眼に優れた彼は、恋愛感情に対してだけ鈍感だ。

中学を卒業した明日香が、決死の思いで「つぐ兄が好き」と言ったとき、彼はなんの迷いもなく笑顔を向けてくれた。

「俺もあーちゃんのこと、ほんとうの妹みたいに大好きだよ」

優しすぎて、いっそ残酷だと思う。

その後も、同じようなやりとりは数回あった。いい加減、気づいていて知らぬふりをされているのではないだろうかと邪推したことさえある。

けれど、考えてみれば継深は高校時代も大学時代もつきあっていた女性がいたのだ。つまり、相手から告白された可能性もあるし、その場合、彼は「好き」と言われる意味を理解していたはずだ。それなのに明日香相手のときだけ、ただの親愛の情だと決めつける。

ビルのガラスに映った自分を見つめて、明日香はふと足をとめた。

丁寧に手入れをしている長い黒髪も、ヘンに流行を追いすぎないよう気をつけている清楚なワンピースも、ナチュラルに見せるためにナチュラルから程遠くなるまで手間をかけているナチュラルメイクも、こうなっては何もかも間違いに思えてくる。

彼に女として見てもらいたいがゆえの、下心の結晶。それを人は恋と呼ぶ。なんて下心いっぱいの自分を取り繕っても、別段状況に変化はない。

もしかしたら、継深の好みは華美で肌を露出したタイプの女性なのかもしれない。普段の彼からはかけ離れたエロティックな女性、あるいはコケティッシュな女性、はたまたゴスロリ、パンク系？　いったいどうすれば、継深に女として見てもらえるのだろう。

「かーのじょ、そんなにじっと自分の顔見つめちゃって、どうしたの？」

ひどく唐突に、肩を叩かれた。

雨の上がった街は、まだ少し濡れた空気が重い。しかし、そんなことを一切感じさせない声音に、明日香は小さくため息をつきそうになった。

「あ、ヤバイ、超美人じゃん。後ろ姿見て、ピンときたんだよねー。ねえねえ、少し時間ある？　あるよね。芸能界とか興味ない？」

「ありません。失礼します」

まったく、真剣に考えているときにかぎってこういういかがわしいスカウトに声をかけられる。世の中なんてそんなものだ。女として見てほしい相手は妹扱いしてくるし、まったく興味のない相手からは女として色眼鏡で見られる。

「そんな冷たくしないでよー。あ、でもさ、そういうクールビューティっていいよね。ほら、男ってワガママじゃん？　だから、いつでも手に入りそうな子より、高嶺の花っぽいお嬢さまに憧れる、みたいなの。ね、ね、わかるでしょ」

肩にかけたトートバッグのショルダー部分をぐいとつかんで、一方的に彼は話を続けようとしていた。

今度こそ、本気でため息をつきたくなった。いや、さっきだって別に冗談だったわけではない。無視して立ち去るのがいちばんだ。

強引になりすぎないようつとめて冷静に、話し続ける男に背を向けて歩き出そうとした、そのとき——。

「すみません、この子に用事ですか?」

ふっと引っ張られていたバッグが軽くなる。そして聞き覚えのあるやわらかな声が、いくぶん緊張気味に、けれどしっかりとした強い意志を込めて、明日香の背後の男に向けられた。

「あー、いやいや、別にね。うん、ま、そういうことでー」

そそくさと、という言い方がこれほど似合う退場もないだろう。男は人混みにまぎれて六本木通りを歩いていく。

「……ありがと、つぐ兄」

明日香は振り返るより早く、彼の名を呼んだ。顔を見なくてもわかる。もしかしたら声を聞かなくても、その手の温度でわかってしまうかもしれない。いや、それはさすがに言いすぎか。でも、そうであったらいいと思う。彼のことだけは、どこにいてもどんなときでもすぐに気づけるようになりたい。

「あーちゃん、何もされてない？　さっきの人、知り合いじゃないよね」

見上げた先、背の高い継深が明日香を気遣う表情で優しく問いかけてきた。

キャッチだってスカウトだって、このあたりを歩いていればそんなに珍しいことじゃない。今までにも、この程度の状況はひとりで対処してきた。だけど、そういう隙のないところがかわいくないのかもしれない。ここはひとつ、怖かったと肩を震わせて抱きついてみるくらいの演技が必要か!?

明日香がそんなことを考えている間に、継深の隣にちんまりと背の低い女の子が立っていた。

——えーと、誰？

たとえるなら、マルチーズ。

明日香より頭ひとつ小さい彼女は、背が低いからといって子どもだというわけではない。金色に近い明るい茶髪のボブカットに、ギャル雑誌に出てきそうな派手めのメイク、チャームとストーンを盛りまくったネイル、華奢な肩を惜しげもなく露出したキャミソールの重ね着。

「ていうか、ドナタですかぁ？　つぐみサン、いきなり走りだすから、魅音《みおん》、追いつけなくてすっごい困ってたのにー。置いてくなんてひどいです、しゅんしゅんー」

見た目の印象そのままに、彼女は室内犬を思わせる甲高い声で話した。なにゆえ感情を謎の擬音語で表すのかは不明だが、それとは別にわかることもある。

たとえ、このマルチーズ女（仮）が男性相手ならば誰に対しても甘えるような声で話す女性だとしても、彼女は継深に対して特別な感情を抱いている――。

あるいは恋する女の思い込みと言われても仕方がないが、明日香は瞬時にそう感じた。こいつは敵だ。ライバルだ。優しい草食動物のつぐ兄を狙う、サバンナの肉食女子だ、と。

おそらく相手も何かを察した。女同士というのは、こういうとき厄介なものだ。マルチーズ女と明日香の間の微妙な空気を物ともせず、継深は軽く頭を下げた。

「あ、ごめんね、野々《のの》原《はら》さん。この子は俺の実家でいろいろ手伝いをしてくれたり、事務所にアルバイトにも来ていたことのある、夏見さん。あーちゃん、こちらは先週から事務所で経理を担当している野々原さんだよ」

邪気のない笑顔は、時として武器だ。

少なくとも今、この瞬間、表面だけは取り繕って互いに見えない刃を突きつけ合っていた明日香と魅音の双方が、継深のやわらかな笑みに毒気を抜かれた。

継深の笑顔にはヒーリング効果があるのではないだろうかと、明日香は常々思っていたけれど、自分以外にも彼の笑顔が効果てきめんと知って、魅音ではないが「しゅんしゅんー」と言いたい気持ちがする。

彼だけが特別なのも、彼だけが心を穏やかにしてくれるのも、彼だけが胸をせつなく焦げつかせるのも、すべては継深の問題ではなく、明日香の側の感情のせいだ。そんなこと、最初から知っている。

それでもどこかで自分だけが継深の特別でありたいと願ってしまうのは、こじらせた初恋のせいだろうか。

そう考えてから、この考えこそが自分の恋だけがほかの誰かの大切な愛情とは違うと思いたい、初恋は尊いものと思いたい、そんな思想の現れに思えて恥ずかしくなる。

恥ずかしいと同時に誇らしい。それほど彼を好きだ、なんて陶酔の極みに立って、己の醜さと対面していると、様々な感情が湧き上がりすぎて何を思っているのかもわからない、というわけだ。

メタ思考に酔いしれているこの状況をひとことで表せば「中二病」。はい、終了。

「そっかー、前にバイトで来てた大学生ってこの方だったんですね。ハジメマシテ！　野々原魅音、二十二歳、経理あーんどつぐみサンの個人秘書ですっ」

明日香が感情を切り替えるより先に、魅音が継深の腕に両腕でぎゅっとしがみついて上目遣いに彼を見上げる。

「いや、うちの事務所じゃ個人秘書のお給料は出せないよ、野々原さん」

「もー、冗談ですよ、冗談。あ、でもつぐみサンがお望みなら、無償奉仕しちゃうかも、かもかも？」

——ていうか、挨拶するならこっち見なさいよ。つぐ兄にべたべたさわんないでよ。勝手にふたりの世界作ろうとしないでよ。その人は誰にでも優しいのに、自分を特別だなんて勘違いしないでよ。ああああああ、もうムカつく！

心中で悪態をつきながら、明日香は穏やかに微笑んで軽く会釈した。

「初めまして、夏見です」

余裕なんてありはしない。けれど、それでも余裕ぶってしまう自分がむなしい。

「えー、なんかなんか、夏見サンってぜんぜん大学生ってカンジしないですねぇ。あ、悪い意味じゃないですよ？　落ち着いてるっていうか、オトナっていうか？　ふふ、魅音いつも子どもっぽいって言われちゃうからー、清楚でお嬢さまっぽくてうらやましいですー」

「いえ、そんな」

かすかに顎をひいて、明日香はかぶりを振る。継深に女性らしい女性として認められたくて作ってきた自分を、こんなときでも脱ぎ捨てられない。それでいい。なぜなら、ある意味では魅音も明日香もしていることは同じだ。方向性が違うだけで、欲しているものは同じなのだろう。

「あーちゃん、このあとはうちに帰る？　さっきの男、まだどこかにいるかもしれないし、できたら送っていきたいんだけど……」

「だいじょうぶ、心配いらないわ。つぐ兄はまだお仕事でしょう？　しいくんとりまちゃんが帰ってくる前に、お買い物して帰るつもり。今夜はグラタンがいいってしいくんが朝言ってたから」

つい自分のほうが継深と親しい関係にあるとアピールするようなことを口にして、浅ましさを後悔しかける。けれど、きちんと後悔するよりも魅音が口を開くほうが早かった。

「あっ、つぐみサン、大変です！　そろそろ戻らないと、お茶の時間になっちゃいますよ！」

――それのどこが大変なのか、まったくもってわかんないんだけど⁉

心の声が他者に聞こえないことに感謝しよう。相手が妖怪サトリでなくてよかった。明日香は笑顔を一ミリも崩さず、ふたりに頷いて見せる。

「おふたりとも、お仕事に戻るところを邪魔して申し訳ありません。それじゃ、わたしはこれで失礼します」

名残惜しい気持ちは、奥歯で嚙み殺す。

本来、この時間に継深と会える予定などなかったのだ。会えただけで嬉しい、そう思って自分を納得させる。

明日香はゆっくりときびすを返して、渋谷駅へ向かって歩き出した。

「あーちゃん、気をつけてね。送れなくてゴメン！」

「ハイ、つぐみサン、わたしたちも帰りましょ、るんるんー」

継深の言葉に食い気味な魅音の声。それを背中で受け止めながら、明日香はぎゅっとトートバッグの肩紐を握りしめた。

安穏とした日々は、彼女の知らないうちにとうに終わっていたのだ。

——待っていればおいしい果実が熟して落ちてくるなんて、わたしだって最初から思っていないわ。だから努力してきた。つぐ兄に似合う女性だと思ってもらえるように誰よりもがんばってきた。

ただし、努力が実るかどうかは周囲の人間が決められることではない。そのことを明日香は脳裏から排除していた。

——いいわ、だったらもういい子でなんかいない。つぐ兄、覚悟しててね。

菅生家への帰り道、明日香はひたすらに案を練った。継深をいかにして振り向かせるか。まずは何より、彼に女として見てもらわなくてはいけない。それが第一歩だ。

とはいえ、こんなことを考えるのは初めてのことではない。今まで何度も考えて、何度も失敗しない道を模索してきた。結果、現状を打破できなかったのだ。

ならば、前へ進むために必要なものは——。


♪。+.ｏ.+。♪。+.ｏ.+。♪


抱きついて、上目遣いでおねだり。

もう一度それを思い出して、明日香はベッドの上で継深を見つめる。

渋谷で会ったときはスーツ姿だったが、夕のおつとめをするために帰宅してから着替えたのだろう。今の彼は略装の法衣を着用している。

もういっそ、このやわらかくて触り心地の良さそうな髪を剃ってくれたらいいのに。彼の髪型がどうだろうと明日香の気持ちは変わらない。だが、継深の外見や経歴、肩書に惹かれて寄ってくる輩は減る可能性がある。あってほしい。いや、違う、今はそういうことを考えている場合ではなくて。

「……わたしね、つぐ兄にお願いがあるの」

囁く声のか細さとは裏腹に、明日香の左胸で心臓は激しく鼓動を打ち鳴らす。

「それはとっても恥ずかしくて、ほんとうならつぐ兄相手でも言うべきことじゃないんだけど、でももう、ほかに頼れる相手もいなくて……」

意識して目を伏せると、継深がかすかに息を呑んだのがわかった。

優しい優しい、つぐ兄。

きっと彼は、困っている明日香を突き放したりしない。それを知っているからこそ、明日香は一世一代のウソをつくことにしたのだ。

「あーちゃんがそんなに悩んでるなんて知らなかった。ごめんね、いつもそばにいたのに不甲斐ないな。俺にできることなら、なんでも言ってほしい」

——ありがとう、つぐ兄。その言葉を待ってたのよ！

歓喜する心をなんとか抑えきって、明日香はまだ迷いの表情のまま、視線をさまよわせる。

「でも、つぐ兄に軽蔑されるのは怖いわ」

「軽蔑なんかしないよ。それに、いい子をやめるなんて言われたら、何をしようとしているのか心配だからね。あーちゃんが何に悩んで、どう解決しようとしているのかわからないけれど、もし俺が役に立てるなら協力したいって思うよ、ほんとうに」

あまり引き延ばすのもよろしくない。このあたりが落としどころだろうか。

右手の指先を、つぅっと彼の頬に這わせる。近すぎる距離に、わずかに染まった白い肌。この人を自分だけのものにしたい。それがこじらせきった初恋のエゴだとしてもかまわない。

あの子がほしい
あの子じゃわからん
相談しましょ

だが断る！


――相談する暇なんてないの。そんな生ぬるいことをするより、わたしは自分の手で奪いにいくわ。きーまった！

「つぐ兄、わたしが……感じられるようにしてくれる？」

ほのかな月明かりの下、継深の喉仏が上下するのが見えた。

「……あ、あーちゃん？」

「わたしね、不感症みたいなの。このままじゃ、ほんとうに好きな人ともきっとうまくいかない。だから……つぐ兄、お願い。わたしを助けて……？」

処女が自身を不感症かどうか知っていることは、おそらく稀なのではないかと思う。だから明日香にもわかるはずがないのである。説明するのもむなしいが、夏見明日香、二十歳、見事なまでの処女である。

「ね、お願い、つぐ兄……」

「いや、でも、それはまずいっていうか！」

「こんな恥ずかしいこと、つぐ兄にしか言えないわ。それともやっぱり、わたしを軽蔑した……？」

さんざん考えた末の案が、コレだとは。

自分でも無茶な頼みだとわかっている。何より不感症かどうかなど、明日香自身も知らない。願わくばそうでないといいのだが、その場合は継深に触れられても感じていないフリをしなくてはいけない。できるだろうか。大好きな人に触れられて、何も感じていないように演じるなどできるだろうか。

——できるかどうかじゃない。やるの。やるわよ。やりきるってば！

「軽蔑なんてしない。少し驚いたけど、ほかの男にそんなこと頼むあーちゃんは考えたくないっていうか……。いや、うん、俺の頭のなかではあーちゃんはまだ十歳のままなんだ。だから、やっぱり驚いたっていうのが正しいかな。でも、恥ずかしいのを我慢して相談し

てくれたんだよね。わかった。俺にできるか自信はないけど、できるかぎり尽力させていただきます」

「……ありがとう、つぐ兄」

ぎゅうっと彼の体に抱きついて。

お互いの心音が奏でる不協和音に耳を澄ます。心を凝らす。思いを込める。

月だけが彼女のウソを見ていた。


♪。+.○.+。♪。+.○.+。♪


今にして思えば、子どもだった。

それも当然、当時の明日香は十歳だったのだからまごうことなき子どもである。だが、子どもには子どもなりのプライドやルールやヒエラルキーや、まあ、つまりわりと厄介なものがあるというのも事実だ。

外資系企業で働く父と、生粋の京女の母、ふたりの姉に囲まれて育った明日香は、生まれて初めて引っ越しをした。それまでは、父の職場にほど近いマンションで暮らしていたが、新居は新興住宅地の一軒家だった。

マンションでは姉ふたりと同室で、三姉妹の末っ子としては肩身の狭い思いもしていた。けれど、家を買ったことにより姉妹はそれぞれ自室をもらえることになった。引っ越し前の明日香は、親しい友だちと離れ離れになることよりも自分だけの部屋ができることを喜んでいたように思う。

けれど、ことはそう簡単ではなかった。

それまで明日香が通っていた小学校は都心の私立校で、幼稚園から通っている子も小学校受験をした子も、互いの環境によって相手をそこまで差別した覚えはない。そもそも同じような経済状況の子どもがそろっているのだから当たり前だ。

無理をすれば通えない距離ではなかったが、両親は末娘を毎朝満員電車で小学校へ通わせるよりも地元の公立校へ転校させることを選んだ。

転校初日、明日香はクラスの女子を分かつふたつのグループがあることを早々に知った。もとより周囲の空気を読んで、それとなく相手の望む立場を取ることに長けている子どもだった。

三姉妹の末っ子ともなればワガママ放題と思われることもあるけれど、姉ふたりに結託されれば立場の弱い存在である。子ども心に長いものには巻かれろ、と学習してきた明日香は、なるべく目立たないよう誰に対しても笑顔で接するよう心がけた。

悲しいかな、それがいけなかったのかもしれない。

クラスの大まかなグループ分けは、もとよりその地域に住んでいた子たちと、新興住宅地に引っ越してきた子たちによるものだった。特に住宅地のなかでも高級住宅として売りだされていた区画に引っ越してきた子は、「ちょっとお金持ちだと思って調子のってない？」と陰口を叩かれる。子ども社会にも親の肩書や収入は関係してくるのだから、ほんとうに面倒でどうしようもない。

明日香は自分のことをあえて語らなかった。ただ、会話をする機会を得た相手に対して平等に笑顔で頷いただけだ。その相手のなかに、学年でいちばん人気のある男子がいたことが問題だったと、そのとき彼女は気づかなかった。

分裂していた女子軍団、それぞれのオピニオンリーダーのふたりがふたりとも、その男子を好きだったことも明日香には計り知れないことだったのだ。

さて、敵対するのも簡単だが、共通する外敵を見つけたときの女子の手のひら返しの早さもさるものである。

反目しあっていた地元女子と転入女子たちは、そろって明日香を目の敵にした。理由は、名前も忘れてしまったなんとか君に媚を売った、そんなものだ。

小学生といえども女は女。表立って先生に気づかれるような嫌がらせをするのではなく、さりげなく明日香を避ける。陰湿さにうんざりすると同時に、明日香は自分の迂闊さを恨んだ。

きっとこのまま、友だちもできずに小学校を卒業して、地元の中学校に入学して、高校にあがっても「あの子って友だちいなかったらしいよ」なんて噂をされる。そう考えると、何もかもがイヤになった。いっそ最初から愛想を振りまいたりせず、新興住宅地に住む子たちのグループに入れるよう努力すべきだったとまで思った。

群れることは、バカらしい。トイレに一緒に行くことになんの意味があるの？　そう思っても、口に出さないのがおりこうサン。

姉たちはよく、そんな話をしていたではないか。今になって、自分の応用力のなさを後悔しても、つまりは後悔先に立たず。だが、先に後悔していたらそれはそもそも後悔ではない、なんてひとりで屁理屈に唇を尖らせていた雨の日――。

一緒に帰る友だちもいない。朝は晴れていたから、傘も持っていない。しとしとと降る雨に濡れて、ランドセルがいつもの倍以上の重さに感じる。

女だらけの家庭に育ち、多少の不条理も笑顔で受け入れられる末っ子は、いつになく重い気分で家路を歩いていた。

暗い空を見上げると、自分が世界でひとりぼっちになってしまった気がする。孤独はポケットにしまわず、みじめな自分を誰かに見せることで緩和させるべし。そんな気持ちもあって、長い黒髪を雨で濡れるがままに明日香は自宅の前を通り過ぎて、近所をあてどもなく歩いた。

思えばそのころから、明日香の中二病は始まっていたのか。いや、だとしたらそれは小学生にしてはずいぶんとませたメンタリティだったのかもしれないけれど。あるいはただのかまってチャン――ではないと祈りたい。

不意に、見知らぬ場所に出た。

雨に濡れた竹林が、しずくをしたたらせては青い香りを漂わせる。家からそう遠くないはずなのに、真新しい住宅とそぐわない古びた石段がずっと上まで続く景色は、たまにテレビでやっている古い映画のように見えた。

なぜその階段をのぼってみようと思ったのかは定かでない。そこに何かがあると思ったのか。それともどこか違う世界へ連れていってもらえると期待したのか。そんなことはどうでもいい。とにもかくにも、明日香はその石段をのぼった。

「あ、ごめんね、今日は書道教室おやすみだよ。雨のなか、来てくれたのかな。……って、あれ、きみ、見かけない子だね」

檜造りの大きな本堂を背に、青い傘をさした高校生らしき男子が明日香に声をかけてくる。その声は、それまでに聞いたどんな声とも違っていた。雨のしずくに似て、風のそよぎに似て、けれど何にも似ていない。ひたすらにやわらかな声だった。

きっとここがお寺だからだ。明日香はそう思った。石段の先に広がっていたのは、想像よりもずっと広い境内だ。

「ずいぶん濡れてる。このままじゃ風邪ひいちゃうよ。おいで、雨宿りしよう」

知らない人についていってはいけない。

幼稚園に通っていたころから、幾度となく聞いた言葉だ。今、目の前にいる高校の制服を着たおにいさんは、明日香にとって知らない人に違いない。ただ、声が優しい。クラスの子たちも気にしてくれない明日香のことを、あたたかいまなざしで見つめてくれる。クラス
――クラスメイトより、知らない人のほうが優しそうに見えるなんてヘンだ。

それどころか、このおにいさんを見ていると泣きたくなってくる。この町に引っ越してきてから、家族以外の人に話しかけられることと縁遠くなっていた。明日香は自分を強い子だと思っていたし、クラスに馴染めず面倒だと感じることはあっても、それを寂しいとは自覚していなかった。

「……どうかした？」

頭の上に青い傘がさしかけられる。

すでにびしょぬれの自分を、今さら雨から守ってどうしたいんだろう。このおにいさんは変質者なのかもしれない。もしほんとうにそうだったなら、早くここから逃げなくちゃ。こんな薄暗い場所で、雨も降っていて、階段は長いし、子どもの足で逃げたところで追いつかれたら終わりだ。

だが、どれほど考えても明日香の足は動かなかった。彼が悪意のある存在にはどうしても思えず、ぎゅっと両手でランドセルの肩紐を握って顔を上げる。

「ん？」

涼しげな目元は、笑みを浮かべると目尻が下がっていっそう心を締めつけた。明日香に傘をさしかけているため、制服の肩が少し濡れている。そんなことを気にもかけず、おにいさんはじいっと明日香の返事を待っているように見えた。

——雨が降ってるのに、この人の下だけ青空みたい。

不意に涙がこみ上げる。

寂しくない。悲しくない。怖くない。わたしはひとりでもだいじょうぶ。ちょっと失敗しちゃっただけ。こんな状況、永遠に続くわけじゃない。

何度、呪文のように繰り返しただろうか。そうやって自分を守ろうとしたところで、明日香がひとりぼっちなことに変わりはなかったし、越してきたばかりの見知らぬ土地は不安でいっぱいだった。

「あ、あれ、ちょ、泣かないで。ごめん、ごめんね。俺、なんかおかしいこと言ったかな。もしかして、書道教室の子だった？　見かけないなんて言ったから……」

見当違いの謝罪と、頰を伝うあたたかな涙。

そのおにいさんが焦れば焦るほど、小さな胸の奥に閉じ込めておいた孤独がゆるゆるとほどけていく。

「ち、ちがくて……、う、うぇ、ぇぇぇ……」

泣きじゃくる見知らぬ小学生女子を前に、彼はしばし考えあぐねているようだった。突然しゃくりあげている自分が恥ずかしいのに、何かから解放された気がして涙をとめることができず、さらに泣けば泣くほど涙を分泌する器官が加速する不思議な感覚に支配されていく。

——どうしよう。このまま涙がとまらなかったら。ううん、それよりもこんなにかっこわるく泣いて、泣きやむときはどんな顔をしたらいいんだろう。

「俺ね、ここのお寺の息子なんだ。菅生継深っていいます。よかったら、ココアでも飲んであったまらない？」

広げた傘と同じく、彼は明日香を何かから守ってくれた。けれどそれがなんだったのか、まだ子どもだった彼女にはわからなくて。

継深はあたたかいココアと、やわらかいタオルを、そして明日香がずっとほしかった優しい気持ちをくれた。丁寧なことに、明日香の自宅に電話をかけさせて、近所の千永寺で少し雨宿りをしているので帰りが遅くなっても心配しないよう、帰り道はきちんと送り届ける旨まで母親に連絡してくれた。

こんないい人を相手に、変質者かもしれないなんて思ったことを申し訳なく思う。

「夏見明日香ちゃん、か。いいね、とてもさわやかな名前だなあ」

それからふたりはぽつぽつと会話をし、次第に話題は明日香の学校での悩みに転じていった。

クラスの女の子たちと馴染めないこと。だからといって男の子と話していると陰口をたたかれること。だから、今は誰とも話せない日々が続いていること。

両親にも姉たちにも言えなかった、自分の恥ずかしくて情けなくてかっこわるい部分を話せたのは、継深との初対面でいきなり泣きじゃくるという醜態の極致をさらしたせいかもしれない。

「そっか、つらかったね。すぐに改善するのは難しいかもしれないけど、よかったら俺も協力するから、少しずつきっかけを作っていかない？」

「きっかけ？」

「うん、きっかけ。さっきもちょっと言ったかもしれないけど、うちの父さんはここのお寺のお坊さんなんだ。それで、書道教室もやってるんだよ。明日香ちゃんの学校の子たちも通ってきてるから、一緒に書道をやってみたらどうかな」

「でも、学校でも話してくれないのに、ほかの場所で一緒になっても……」

「だいじょうぶ。みんなほんとうは、明日香ちゃんのことをちょっとうらやましいって思ってるだけかもしれないよ。仲良くなりたいけど、クラスのグループの手前、話しかけられないだけってこともあるからね」

そんな簡単なものだろうか。

いつもなら、素直に頷いたフリをして、心のなかでは「オトナってきれいごとばっかり」なんて思う明日香だったけれど、このときばかりは継深の言葉にすがりたくなった。

「俺もできるだけ、書道教室に顔出すようにするよ。終わってから、境内で子どもたちと遊ぶこともあるし、明日香ちゃんも一緒に、ね」

結果的に継深の案は大成功に終わる。

明日香は書道教室に通うようになって、同じクラスの女の子と親しくなり、次第に学校でもみんなと馴染んでいった。

——つぐ兄は、わたしの神さまみたい。でもここはお寺だから、仏さまって言ったほうがいいのかな。

今にして思えば、あの雨の夕暮れに恋は始まっていたのかもしれない。

♪。+.o.+。♪。+.o.+。♪


そして、今――。

「え、あの、本気の本気で今から!?」

僧侶で建築家で恩人で、世界でいちばん好きな人に向かって明日香はこくりと頷いた。

渋谷で偶然、継深と魅音に会ってから、明日香は帰り道の間ずっと考えに考えぬいて、決死の覚悟で挑んだ賭けに勝った。実際には、まだ口約束でしかないけれど、継深は明日香の不感症を治す手伝いをする、と約束してくれたのだから。

――実際のところ、自分が不感症かどうかなんて処女のわたしにわかるはずないんだけど。

それはそれ、全力で不感症女子を演じるしかもう道はない。

「決心が鈍っちゃうかもしれないし、あんな恥ずかしいこと言って、ほんとうはつぐ兄がわたしのことを嫌いになっていたらと思うと不安なの……」

さすがに偶然とはいえ、彼を押し倒したままで「さあやりましょう、ぜひやりましょう!」と言えるはずもなく、仕切り直しのためにもふたりは起き上がってベッドに並んで座っていた。

「あーちゃんを嫌いになんて、なるわけないよ」

大きな手で明日香を安心させるように頭を撫でる継深は、優しすぎて罪深い。無論、彼に悪意はない。とことん善意と誠意の人だ。

「それとも、つぐ兄がそういうことをする気持ちになるのに、わたしじゃ女として魅力が足りない？　もしそうなら、なんでもするから教えてほしいの。だって、このままじゃわたし……」

切実な声は、演技なのかそうでないのか自分でもわからなくなる。たしかに、彼と関係を築けるならばなんでもするつもりはあった。そうでなければ、大好きな人にウソをついてまでこんな無茶はしていない。それにこのままでは、いつまでも妹扱いから抜け出せない。そうしている間に、どこぞのトンビに極上の油揚げをさらわれてしまう。

「ちょ、待った。泣かないで！　俺、あーちゃんに泣かれると弱いんだ。なんだろ、初対面のときの刷り込みみたいなものかな」

うるっと涙の浮かんだ瞳を見て、継深は慌てたように彼女を抱きしめる。その腕は優しくて、彼の存在そのものに思えた。

「……だから、泣かないで」

耳元に吐息がかかり、明日香は思わず身を硬くする。今まで何度も継深に触れたことはあるし、触れられたこともある。それらはただのニアミスでしかなく、互いに男として女としての扱いではなかったのだと思い知らされた。

「ほんとうに後悔しない？　……俺だって、あーちゃんに嫌われたらつらいからさ」

「しないわ。つぐ兄だから、お願いしたんだもの」

法衣の背に腕をまわし、継深の肩口にひたいをつける。いくら決心したからといって、今まで一度も男性とつきあったことがなく、当然恋愛にまつわるキスその他もろもろの経験もない明日香が平常心でいられるはずがなかった。

──落ち着いて、落ち着くの、明日香。だいじょうぶ、双子はさっきお風呂に入れて寝かしつけた。いきなりつぐ兄の部屋に入ってきたりはしないはず。ああ、違う、今心配すべきはそういうことじゃなくて！

耳朶を唇がかすめる。ほんの一瞬、皮膚の表面をあえかに震わせたその刺激に、明日香は懸命に奥歯を噛みしめた。いかんせん、彼女は不感症を理由にして相談を持ちかけた──という体裁なのだ。その明日香がちょっと触れられた程度でビクンビクンしていては、継深も疑念をいだく可能性がある。

そう思ったのもつかの間。

「……顔、上げてもらってもいい？」

耳に触れそうで触れない距離で継深が囁いた刹那、首から肩、背中まで総毛立つような震えが広がった。

「う、うん」

もうとっくに演技などではなく声が出せない。まともに喋ろうとしたら、きっとみっともなく声が裏返る。

——想像以上に、つぐ兄の声が色っぽくておかしくなりそう。これは声のせい？　それともわたしが緊張しすぎなの？

誰しも経験がある。さあ、くすぐられるぞ、と身構えるほどに敏感になって、ほんの少しの刺激がやけに激しく全身に伝わる、アレだ。明日香はそう当たりをつけて、実際はどうか知らないけれど懸命に体の力を抜こうとした。

顔を上げると、継深がわずかに首を傾けて彼女を見つめている。その瞳にまだ戸惑いのかけらが見え隠れするのを感じて、明日香は小さく息を吸った。

もしも継深が真実を知れば、彼はきっとこの先の行為を続けはしないだろう。優しくて慈愛に満ちた継深が、つきあってもいない女性の体に触れたがるとは思えない。まして相手の明日香は経験値ゼロなのだから。

「つぐ兄、あんまりおそるおそるさわられると、感じるよりもくすぐったくなっちゃうわ」

処女だと見破られたら、すべてが台無しだ。いっそ、堂々としていたほうがいい。

「わかった、ごめんね。えーと……。じゃあ、失礼、します」

とん、と肩を押された。強い力ではなかったけれど、全身のこわばりをほぐそうとしていた明日香の体は、容易にベッドに仰向けになる。膝丈のワンピースの裾がささやかにめくれて、白い内腿が月明かりを受けとめた。

　顔の横に継深が右手をつく。衣擦れの音に、これから彼に触れられるのだと感じて、明日香はぎゅっと目を閉じた。それは反射的な動作で、意図したものではなかったけれど、継深は心配そうに口を開いた。

「もしも、途中で俺のことが怖くなったり、俺とそういうことをするのが嫌だと思ったら、すぐに言うって約束してくれる？」

「……約束する」

　絶対にそんなことはないけれど――と、心のなかで付け足して、明日香は小さく頷く。ほかの男性が相手ならばイヤでイヤでたまらないに決まっているが、継深に触れられたくてここまできたのだ。

「うん。ありがとう」

　優しい声が明日香の鼓膜を揺らした。

　彼の手のひらが肩に下りてきて、触れられた部分がじんわりとあたたかくなる。長い指も、かすかに躊躇する腕の力も、何もかもが愛しい。

「……ん」

　唇の脇をかすめて、頬にキスが落ちてくる。こんなとき、両手はどうしていればいいんだろう。明日香は目を閉じたまま、指先だけで自分が寝転んでいるベッドの上をたどってみた。その右手を、すっと継深の左手がつかむ。

「つ、つぐ兄……？」

薄く目を開けると、彼は明日香の指先にキスするところだった。見慣れた形良い唇が、爪の先に触れる。意図して肌に触れないよう、爪だけへのくちづけ。甘すぎないピンクベージュのマニキュアを塗った爪は、当然神経など通っていないはずなのに、人差し指、中指、薬指、と順番にキスされるたび、骨の芯まで痺れるような感覚があった。

「手、震えてるね」

「……っ、別に、ちょっと緊張してるだけ」

「俺も。あーちゃんのこと、傷つけたらどうしようって緊張してる」

小指の爪に継深の唇が近づき、またあのキスがやってくると思っていると、ふぅっと息を吹きかけられる。

――や……っ、なんで!?

声をこらえるだけで限界だった。

ベッドの上で肩がびくりと揺れる。それを確認してから、彼は明日香の手を引き上げた。天井に向けて伸ばした腕。手首の内側のやわらかな皮膚に、思いもよらないあたたかな唇が押し当てられる。

「このまま、肘までキスするよ。それから肩まで、そのあとは……」

首へ、それとも胸へ？

どちらだとしても、継深にキスされることを考えると心臓が壊れそうなほどに鼓動する。

期待に小さく頷くと、宣言どおりに彼の唇が明日香の手首を這う。ときおり甘く吸いつかれ、肌の上を舌がなぞる初めての感覚に全身が震えそうになった。行きつ戻りつのキスの道中は、息を殺していなくてはおかしな声が出そうで怖い。

明日香とて、こういうときに女性がどんな反応をするものなのか、それなりの知識はある。だが、今の自分が感じてしまえば、不感症だなんてでっちあげの理由はもう使えない。

継深が肩口まで顔を寄せるころには、自然と彼の重みがのしかかってきていた。

「……や、やっぱりくすぐったい」

どうにもこらえきれないほど呼吸が上がっているのを言い訳しようと、明日香は小さな声でそう訴える。くすぐったいのを我慢しているふうを装えば、肩が上下するのもごまかせるかもしれない。

二の腕にちゅっと強くキスしてから、継深が顔を上げた。いつもの優しい瞳が、今までとは違った気配を帯びている。

何かおかしな態度をとってしまったのだろうか。明日香は不安と罪悪感を織り交ぜた瞳で継深の視線を受け止めた。

「──そういう顔されると、すごく複雑な気持ちになる。あーちゃんがかわいくて、なのに俺は練習台っていうか……」

言いかけた彼は、ハッとした様子で顔を背ける。

──かわいい？　練習台……？

言われた意味を確認しようと、明日香が唇を開いた瞬間、それを言わせないとばかりに継深が胸元に顔を押し当てた。

「ん……っ……」

日中に着ていた服とは違う。今夜、こうなることを考えて、いったん自宅で着替えをした。襟ぐりがあきすぎるからという理由で、外出するときには着たことのなかったシフォン素材のワンピース。薄い布は継深の熱を帯びた吐息を肌まで伝えてくる。

「……ほんと、かわいくて困る」

「つぐ兄、あ、あの……？」

「だから、あーちゃんが誰より幸せになるための手伝いだと思って、精一杯つとめさせてもらうね」

服の上からやんわりと胸を手のひらでなぞられて、明日香は顎が肩につくほど首を横に向けた。力を抜こうとしていたのが、遠い昔に思える。今、彼女の体は素直な反応を継深に見せないよう、知らず知らずのうちにまたこわばっていた。

ゆるゆると服が脱がされ、下着の上から胸の先端めがけてキスが落ちてくる。素肌にしっとりとシーツが冷たくて、明日香は小さく身震いした。

——感じちゃダメ、感じたらバレちゃう。お願い、気づかないで。

そう願うのと裏腹に、初めて与えられる快楽は甘く淫らに心を溶かしていく。

もっと継深の温度を感じたい。もっと彼の熱に溺れたい。けれど主導権を完全に手放すのは怖いだなんて、まったく厄介な事態に自分を追い込んだものだ。

「直接、して……？」

彼の髪を指で梳いて、明日香は持てる理性を総動員しながら懇願する。そうでもしないと、喉元までせり上がる慾望に負けてしまいそうになる。

「……なんか、すっごく試されてる気がしてきた」

髪を撫でる手をつかみ、継深が手のひらに唇をつけた。キスの感触に甘い吐息を漏らすと、同時に背に彼の右手がまわる。

ぱちん、と小さな音がした。

胸元が急に解放感を覚えて、明日香は息を呑む。自分で懇願しておきながら、いざ肌をあばかれると緊張で指先が震える。

「は……、あーちゃん、ほんとうにいいの？」

「何度もきかれると恥ずかしいから……」

きかないで――。

言葉の続きは声にならずとも、継深の心に届いたらしかった。それを証拠に、彼はブラジャーをずらして、白くふっくらとした胸を両手で裾野から持ち上げる。中心に疼くのは、彼に触れられたくて、いじらしく尖った慾望の先端。

「……っ、ん……！」

色づいた部分を避けて、継深が唇をつける。腕の内側にキスされたときより、さらに心が痛かった。

快楽は、痛い。肌ではなく、心が痛い。

せつなくて、嬉しくて、やるせないほどもどかしくて、今にも壊れてしまいそうなほど高鳴る心臓が痛い。

「つぐ、兄……、ここも、して……」

慣れているフリをしようと思ったら、快感に素直になればいい。羞恥心をしまいこみ、明日香は自分の指で胸の先を指し示した。

「こんなに尖ってるのに、感じないの？」

「ん……っ、そ、そう……、っていうか、あの、ちょっと違う意味で不感症……みたいな……」

つじつまの合わない発言だとわかっていても、すでに彼の愛撫を求めて腰が揺らいでいる。長い髪がベッドの上に広がって、明日香が体を震わせるたびにかたちを変えた。

「俺がちゃんとするから、あーちゃんはほかの人にこんなお願い、しちゃ駄目だよ」

ひどくかすれた声でせつなげに言うと、継深は返事を待たずにいとけない部分を唇に含む。濡れた粘膜で包まれただけで、明日香の腰の奥が甘い疼痛を訴えた。

「ん、ん……っ……」

——ダメ、もうこんなの、声出ちゃう……！

緊張しきって張り詰めた神経の糸が、継深の唇に束ねられていく気がした。窄めた唇に軽く吸われると、心が引き寄せられる。耳の奥がキーンとして、噛みしめた奥歯が歯茎から浮いているのではないかと思うほど、身体感覚が狂っていく。

「ね、約束。俺にしか頼まないで」

「……こんなこと、つぐ兄にしか恥ずかしくてお願いできな……、あっ……」

「いい子、やめなくていいよ。あーちゃんは、今もちゃんといい子だから」

反論しかけた唇が、か細い嬌声を漏らした。

それまでより強く乳首を吸って、継深の舌先がねっとりと先端に絡みついてくる。小さな突起を根本から上下に往復し、ちゅ、ちゅう、と音を立ててしゃぶっては明日香を煽った。

「……っ……、ん……ぅ……ッ!?」

唇で愛されるのと反対の胸に、異なる感覚が襲いかかる。明日香は目を見開いて、自分の体に与えられている刺激を確認した。

くびりだされた乳首を、きゅうっとつまむ彼の親指と人差指。強弱をつけて、指の腹で擦り合わせる淫靡な動きが、胸だけではなく視覚までも犯していく。

「ほら、ちゃんと硬くなってるよ。あーちゃんの体、俺に応えてくれてる」

「ち、ちが……っ、ぁ、そうじゃなくて……っ」

「じゃあ、反対も舐めてみようか？」

次第に継深の声が艶を増してきていたことに、明日香はそのとき初めて気づいた。

優しい声音はそのままに、甘く濡れた言葉が心の奥まで沁みこんでくる。

――つぐ兄、わたしの体に興奮してくれる？　触れて、舐めて、キスしてるだけじゃ足りなくなってくれるの……？

指でつまんだ乳首をこりこりと擦りながら、敏感になった先端に熱い舌先がひるがえる。一瞬触れて、離れたことを寂しく思うより早く、また戻ってきてかすめて、疼きに悶えそうになると、再三与えられる刹那の悦楽。

「や、そんな、じれったくしちゃ……やだぁ……っ」

これのどこが不感症か！　と、脳裏で声が聞こえていた。だからといって、溺れる愛欲から浮上する術を明日香は知らない。このままもっともっと、想いの果てまで彼に連れていってもらいたいと願うばかりだ。

しかし、行為は唐突に終わりを迎えた。

みだりがましくおねだりしたのが悪かったのだろうか、胸に触れていた指と舌の感覚がなくなり、継深の重みが遠ざかる。

「つぐ兄……、どうして……？」

怯えた声で問いかける明日香は、自分のウソが早くも露見したのだと思った。

――これならいっそ、不感症じゃなくてイケないって言ったほうがよかったかもしれないわ。

今さら後悔しても後の祭りだが、一応その案もあったにはあったのだ。ただし、処女の

明日香が口にするには不感症という単語のほうがかろうじてマシに思えた。羞恥心を捨てきれなかった自分が恨めしい。

「ごめん、あの……」

明日香の太腿を跨いで膝立ちした継深は、うつむきがちに口を開いた。

黒い前髪の隙間から、困ったように閉じたまぶたが見えている。右目の下には、小さく愛しい泣きぼくろ。

彼を困らせたかったわけではないのに、自分の愛情は彼を苦しめるだけだったのか。

素直にほんとうのことを打ち明けて、謝罪しよう。ほかにできることはもうなさそうだ。

明日香がそう思って、ベッドに肘をついて上半身を起こそうとした、そのとき。

「ほんとうにごめんなさい！　これ以上は俺の理性がもちません！　今日はここまでってことで！」

両手を顔の前で合わせた彼は、世にも情けないとばかりの声で早口に言った。

——理性、もたなくていい。壊れちゃえばいいのに！

数秒前まで謝ろうとしていたのも忘れて、明日香は本心をなんとか呑み込む。

『今日はここまで』

そう、彼はそう言ったのだから、今日ではない日にもっと先まで協力する気があるということだ。

罪悪感がないとは言わない。ウソをついてまで彼をほしいと思う、自分の浅ましさを恥じる気持ちだってある。

——それでもどうしても、つぐ兄がほしいの。

明日香は両手で胸元を隠し、継深の法衣に体を寄せた。素肌を略肩衣がかすめる。

「……あーちゃん？」

「無理を言ったのはわたしのほう。つぐ兄、優しいからきっと助けてくれるって思ったの。だけど、つらい思いをさせたのなら、わたしこそごめんなさい」

彼の胸も高鳴っている。

理性の限界だというのなら、継深も明日香と同じように欲望に流されてしまいそうだったということだ。それが嬉しくて、妹扱いからほんの一ミリくらいは前に進めたかもしれないと思うと、泣きたいくらいに嬉しくて。

「たしかにけっこうキツいね。でも、約束したでしょ。俺以外には頼まないで、絶対！」

「うん、約束」

彼が愛情による独占欲で、ほかの男に頼むなと言っているのではないと明日香は知っていた。

かわいがっている妹のような子が、誰彼かまわず「不感症なので感じられるようになるまで協力してください！」なんて言っていたら、きっと継深は心底悩み、心配し、どうにかなってしまう。相手の痛みを自分の痛みと同じように感じ、相手の喜びを自分の喜び以上に感じてくれる、そういう人。

——だから好きになった、ってわけでもないけど。そういうところも大好きよ。

声に出せない代わりに、明日香は右手の小指を立てて継深に伸ばした。彼もそれを見て、すぐに意味を解する。

小指と小指を絡めるのは、キスや愛撫よりずっと単純なことだけれど、どうしてなのか同じように胸が痛くなった。

「ゆーびきーりげんまん、うそついたらはりせんぼんのーます、ゆびきった」

小さな声で歌い終えると、明日香は指をきゅっと曲げる。ほんとうなら、ここで互いの指を弾くようにして離さなくてはいけない。

「……よしよし、そんなに困った顔しないで。俺、ちゃんと期待に応えられるようがんばるからさ」

小指を絡めたまま、左手で明日香の髪を撫でて、継深がこつんとひたいとひたいをつけてくる。

「うん、わたしもがんばるね」

「あーちゃんはこれ以上がんばったら駄目。俺がヤバくなる」

「ふふ」

ウソに言及しないでくれるのは、どういう理由の優しさだろう。気づいていないとは考えにくいけれど、こと恋愛に関して——いや、明日香の恋愛感情に関してだけ、異様に鈍い継深ならば、もしかしてほんとうに気づいていないのかもしれない。

――その理性の箍《たが》、どうやって壊せばいいのか、もっともっと考えておくからね、つぐ兄。

「……朝まで一緒にいてもいい？」

小さな声で尋ねると、継深が慌てたように身を引いた。

「え、いや、それは問題があるっていうか」

「なんにもしないよ？」

言いながら、これではまるで男女の立場が逆じゃないかと思えてくる。しかも、何もしないと言いながら本心では、むしろ何かしてほしいと願っているのも明日香のほうだ。

「……じゃあ、俺も何もしません。一緒に寝るだけ、ね」

ぺこりと頭を下げる彼がかわいくて、そのつむじを指先でつつきたくなる。

普通ならば、二十六歳の男性と二十歳の女性が同じベッドで何事もなく一緒に眠るなんて考えられないことだろう。たとえばこれが、知り合いから聞いた話だった場合、「それで結局何もしないで寝ちゃった」なんて言われても、明日香だって信じられない。

――でも、つぐ兄はきっとほんとうに何もしないんだろうなあ……。

「よし、じゃあちょっと、いろいろと冷ましてくるね」

勢いをつけてベッドから下りた継深は、はにかんでひらひらと手を振る。二十六歳にしてあの無邪気な笑顔は罪だと、阿弥陀さまに言いつけてやりたい。言ったところでどうなるものでもないのだけれど。

第二章　処女、危機一髪！

ロマンティックな出来事のあとにやってくるのは、たいそう現実的な伝達事項だった。

出先の大阪で持病の痔が悪化した千永寺の住職、つまり継深の父である継善は妻が到着する前夜のうちに緊急手術を受けていたそうだ。

痔の緊急手術なんて、と思った明日香だったが、気になってインターネットで検索してみると様々な症例がある。そのどれに継善が当てはまるのかは、とりあえず考えないことにした。人様の尻事情なぞ、あまり想像したいものではない。

何はともあれ手術は無事成功し、一週間ほどの入院を経て退院の見込みだという。

「平日は俺が寺にいるつもりだけど、土日はちょっと事務所に行かないといけなくて、国分寺の斉藤《さいとう》さんに手伝いを頼むことにしたんだ。ただ、静麻と莉麻の世話までは頼めないから、あーちゃん、助けてもらってもいいかな」

「もちろん、わたしにできることならお手伝いするつもりでいたわ」

以前から手伝いを頼むことのあった『国分寺の斉藤さん』は、千永寺と同じ宗派の教師衆徒で、明日香も何度か顔を合わせたことがある。ちなみに国分寺は単純に地名で、その名の寺に勤めているわけではない。普段は大学で宗教史の教鞭をとっている壮年男性だ。

「わー、あすかちゃんだ、おはようございます」

「しぃくん、おはよう。朝ごはんできてるよ」

パジャマのままでリビングへやってきた静麻が、明日香の隣にちょこんと正座して見上げてくる。

少し人見知りのきらいがあるけれど、明日香にはずいぶんなついてくれている、静麻。小学校一年生にしては、素直すぎて純粋すぎて、愛らしすぎる静麻を前にすると、明日香は自然に頬が緩むのを感じた。さすが継深の弟。もしや継深もこのくらいの年齢のころは、静麻のような少年だったのだろうか。

「ねえねえ、あすかちゃん。今日の夜はぼくと一緒に寝てくれる？」

「ん？　いいけど、どうしたの？」

──今日の夜『は』？　何か引っかかるのは気のせいじゃないような……。

「あーあ、しずまったらひとりで寝られないんだー。ママがかえってきたら、言っちゃおーっと」

そこに双子の莉麻も来て、おとなふたりで話していたときと、室内の雰囲気ががらりと変わる。無理もない。昨晩、いろいろなことがあったふたりが素知らぬ顔をして話をしていたのだから、言外にひそやかな何かが隠されていたのは当たり前だ。

「りまちゃんのいじわるー。だって、あすかちゃん、きのうはつぐ兄といっしょのお部屋だったでしょ？　だったらぼくも一緒がいいんだもん」

先ほどの懸念は当たっていたらしい。一瞬、目を瞠《みは》った継深が何かを言いかけて、しばしののちに微笑みを浮かべる。

「えーっと、お兄ちゃんはあーちゃんと相談することがあったんですよ」

――あ、ごまかした。敬語になるのは、照れてるときと困ってるときだよ、つぐ兄。

「じゃあぼくもそうだんする！」

「しずまなんて悩みもないじゃない。相談は、困っているひとがするんだから」

「なやみ、あるもん。漢字テストのこととか、にんじん食べられないこととか……」

「漢字は書き取り練習すればいいし、にんじんはがまんして食べるのよ。それに、にんじん残してもいいよってママが言っても、しずまいっつもにんじんがかわいそうって泣くじゃない」

「だって、かわいそうなんだもん……。にんじん、残されたら、さびしそうだよ」

ふわふわの茶色がかった髪を揺らして、よく似た面立ちの双子がじゃれあっているのを横目に、明日香はそっと立ち上がるとキッチンへ向かった。せっかく継深がごまかしてくれたのだから、蒸し返されるのは避けたいところだ。

同じ考えだったのか、彼もそそくさと明日香のあとを追ってキッチンへやってきた。

「ねえ、つぐ兄」

「うん？」

朝から爽やかなその笑顔を、ちょっと困らせたくなるのは、明日香が静麻よりも莉麻に近い人種だから、と言ってもいいだろうか。

背伸びをして、彼の耳元に顔を寄せる。

「今夜『も』一緒に寝てくれる？」

「な……っ!?　そ、それは、えーと……」

「わたしも悩みがあるの。ね、お願い、相談にのって？」

さて、継深の答えやいかに！


双子を小学校へ送り出してリビングへ戻ると、継深がキッチンで食器を洗っていた。

明日香が袖まくりをしながら対面キッチンへ回り込もうとすると、洗剤のついた左手を軽く挙げて継深が彼女の動きを制する。

「つぐ兄、わたしが……」

「朝ごはん、おいしかったよ。作ってもらったんだから、せめて後片付けくらいさせて。あーちゃんだって、大学があるんだから準備する時間が必要でしょ？」

——こういうところが、無自覚に女の子に好かれちゃうところなのよね……。

継深にすれば、当たり前の行動。

けれど、その優しさが胸をきゅんとせつなく疼かせる。彼はそんなことに気づきもせず、鼻の頭に泡をつけて食器を水で流しはじめた。

今日は午前が休講なので昼ごろに出れば問題ない。ただ、双子が帰宅するより早く帰ってくるのは難しそうだ。それに、千永寺のお手伝いに行くとは言ってあるけれど、毎晩泊まるのは明日香の両親もいい顔をしないだろう。

――さすがに今夜は帰らないとまずいかな。

自分が叱られるのは気にならないが、もし両親が継深に対して「嫁入り前の女の子をみだりに親のいない家に泊める不埒な僧侶」なんて思ったら――。

明日香が自ら手伝いをしているだけなのに、彼が悪く思われるのは耐えられそうにない。

そんなことを考えていると、キッチンで継深がひとりごとのように小さな声で何かを言った。

「……に……か。うらやましいな」

洗剤を洗い流す水音で、継深の言葉がかき消される。

「え？　なあに、つぐ兄。水の音で聞こえなかった」

パタパタとスリッパを鳴らして彼の隣へ移動した明日香に、継深はちょっと慌てたように首を振った。前髪が揺れて、もとより穏やかな目がいっそう優しく細められる。

「ううん、なんでもないよ」

「……そう？」

——でも、何か言ったのは間違いない。つぐ兄がうらやましいと思うような何かが、今の短い会話のなかにあったの？　料理ができることがうらやましいとか？

釈然としない気持ちで彼を見つめる明日香のまなざしから逃れるように、継深は二度三度と瞬《まばた》きを繰り返した。

「あ、そういえば、携帯の電源が入らないんだ。バッテリー切れかと思って昨晩から充電して様子を見てたんだけど、やっぱり駄目っぽい。仕方ないからあとでショップに行ってくるね。買い足しておいたほうがいいものがあったら、教えてくれればスーパーに寄ってくるよ」

いつもより早口な口調のせいか、話をそらされた気がしたけれど、携帯が壊れたとあっては焦るのも当然だ。

千永寺と菅生家に固定電話はそれぞれあるが、建築事務所関連の連絡は携帯でやりとりしているのを明日香も知っている。

ましで今は、住職不在のため継深が千永寺を離れるのが困難だ。建築事務所から、いつ急ぎの用件で電話が来るかもわからない。

「んー、特に必要なものはないからだいじょうぶ。それより、携帯がつながらないと困るんじゃない？　わたし、午前中は休講だから、つぐ兄が留守にしても平気だよ」

「いやいや、そこまで甘えるわけには……」

——甘えてほしいのに。わたしだけに甘えて、わたしだけを特別近くにいさせてくれたらいいのに。

彼女のそんな思いはつゆ知らず、継深が「夕方でもだいじょうぶだから」と言葉を続ける。

結局、ちょっと体のコミュニケーションをとったところで妹扱いからは抜けだせないまま、逆に意識されて距離をとられるなんて明日香の望んだこととはかけ離れていた。

「もう、つぐ兄ったら。困ったときはお互いさまでしょ？」

あえて無邪気を装い、夜の甘い出来事など気にしていないそぶりで、明日香は継深を見上げて微笑みかける。昨晩使うはずだった、女子力の見せどころ——人はそれを上目遣いと呼ぶ。

「え、あ、ああ、そうなんですが、その……」

ふいっと視線をそらした彼の耳が、かすかに赤らんでいた。シンクに流しっぱなしの水が、ボウルからあふれていくのを横目に、明日香は心のなかでガッツポーズする。

普段どおりにしようとしていても、継深は確実に自分のことを意識してくれているのだ。それを悟られないよう、彼なりに努力しているのもわかる。継深が敬語になるのがよい証拠だ。動揺したときや照れているとき、彼は敬語になる。

このぶんだと、じつは明日香が処女だということもバレていないかもしれない。心根の清い継深だからこそ、幼いころからよく知っている明日香が嘘をついているなど考え至らない可能性もじゅうぶんにある。

——だったら、まだ攻めさせてもらうわよ、つぐ兄！

彼女はつとめて平静を装い、継深の肩に右手をかけ、左手をすいと伸ばして彼の鼻先を指で拭った。

「なっ、な、なに⁉」

「泡、ついてたから。食器用洗剤で顔を洗うのは肌に悪いと思うよ？」

人差し指についた泡を見せると、彼は恥ずかしそうに肩をすくめる。

小さな好きが積み重なって、気づけばどうしようもないほど、ひたすらこの人だけが好きになっていた。十年間、蓄積された愛情は明日香の喉元までせり上がり、今にも言葉になってこぼれてしまいそうになる。過去にも「好き」と伝えたことはあるけれど、次こそは幼なじみの仲良しとしてでもなければ、妹扱いでもなく、ひとりの女性として見てもらえなければ意味がない。

いくら継深といえど、明日香が人生でたったひとりにしか捧げられない愛情を差し出せば、その意味にも気づいてくれる——はずだ。

——だから、阿弥陀如来さま、わたしの嘘を見逃してください！


洗濯物を干して、家中に掃除機をかける。

自宅で母の手伝いをするときは面倒にしか感じない家事も、継深の住む家でやるぶんには充実感がある。母親が聞けば「そやからあんたには恋人ができへんのよ」とため息をつきそうだ。

要領が良くて勝ち気な美人の姉ふたりは、中学、高校のころから男友達が多く、彼氏に不自由することはなかった。それに比べて、末っ子の明日香は恋人どころか男友達さえ家に連れていったことはない。

高校時代の同級生など、明日香から見ればガキにしか見えなかったのだからどうしようもないし、何より彼女は好きでもない男子から告白されてつきあうことをよしとしなかった。

とりあえず彼氏がほしいから、なんて理由で自分に好意を寄せてくれる異性とつきあう子がいるのはわかる。始まりがなんであれ、次第に愛情が深まっていく場合だってあるだろう。ただ、夏見明日香はそれに甘んじられないほどに菅生継深が好きだった、それだけのことだ。

初恋なんてこじらせればこじらせるほど、その愛情だけが特別なものだと思いやすいものである。これはおそらく明日香に限らず、長年思ってきたからこそ報われたいと願うのは人の性《さが》だろう。

リビングの隅々まで掃除機をかけ、彼女は天井を見上げる。真上は継深の部屋だ。昨晩、あのベッドで彼のぬくもりを肌に感じたことを思い出すと、心拍数が上がるのをとめられない。

「今夜も、うまいこと言ってこっちに泊まれたらいいのになぁ……」

だがその場合、明日香の両親が納得したとしても、継深とふたりで抱き合って眠るのは困難だ。今朝の静麻の発言があるから、菅生家に泊まるとしたら双子の部屋で寝ることになる。

末っ子の明日香は、静麻と莉麻をじつの弟妹のようにかわいがっているけれど、今、この一週間が正念場だとわかっているから、できるかぎり継深との関係を進めておきたい。できることならば既成事実まで作って、彼の気持ちを強引にでも自分に向けてしまいたかった。

それがズルい手法だからなんだというのか。

恋愛は戦いだと、姉ふたりから学んできている。

明日香も本質的には姉たちと変わらず、なかなかの肉食女子だと自覚があった。けれど、内面がどうであれ、好きな人が好ましく思いそうな女性を十年間演じ続けてきたのだ。その結果が、二十年モノの処女。捧げる相手は継深以外考えられない。

——それにしても、野々原さんっていったかしら。あの人、絶対つぐ兄狙いよね。

昨日、渋谷で偶然遭遇した野々原魅音なる人物が、今回の明日香の行動を後押ししてくれた。先方にそのつもりは皆無だろうが、彼女が突如現れたことによって戦いを始める決意が湧いたのは事実だ。

室内犬を思わせる小柄で愛くるしい魅音は、明日香と正反対のタイプで、だからこそ焦燥感が募る。積極的に継深のふところに入り込もうとする彼女が告白したら、彼はどんなふうに接するのだろうか。

少なくとも、明日香が告白したときのように「俺も好きだよ」なんて、邪気のない笑顔を見せるとは考えたくない。いや、ある意味そのほうが安全ともいえる。異性として扱わずに、完全に恋愛対象外と言外ににじませる、継深の罪深いほど甘く優しい笑顔――。

「あーちゃん、どうかした？　ぼーっとしてるけど」

「ひゃっ！」

唐突に耳元で大好きなひとの声が聞こえて、明日香はスイッチもそのままに掃除機から手を離す。結果、ローテーブルに向かってスティックタイプのサイクロン掃除機が倒れて――いかなかった。

手を伸ばした明日香と、彼女の背後から同じく手を伸ばした継深が、折り重なるように体を密着させて掃除機を抱きとめる。

「……ごめんね、急に声をかけて」

「う、ううん、わたしこそぼんやりしていたから」

明日香は掃除機を抱きしめているのだが、彼女の後ろから倒れていく掃除機をつかまえようとした継深は、明日香を抱きしめる格好になっていた。

――と、吐息が首にかかるっ！

突発的な事態を前に、継深は掃除機がテーブルに直撃するのを防げて満足しているらしい。明日香が緊張していることにも気づいていない様子だ。

「何度か声かけたんだけど、掃除機の音で聞こえなかったみたいだから近くまで来ちゃったんだ。今のは全面的に俺が悪いです。ごめんなさい」

まだ現状に意識が回らないのか、彼はぎゅっと両腕で明日香を抱きしめたままに頭を下げる。やわらかな前髪が耳をくすぐって、びくんと体が震えるのをとめられない。

「とりあえず、掃除機とめよっか。これ、音が大きいからほんとうに周りの音、聞こえないんだよね」

明日香の手の上から、大きな手のひらが包み込むようにスイッチを切る。

――ああ、もう……っ！　一生こうしてくっついていたいなんて、わたしが思ってること、絶対つぐ兄はわかってないんだろうな。

せつなさに胸を焦がして、大胆に彼の胸に頭をもたれさせてみようか、なんて懊悩していた明日香の耳に、なぜか騒々しい足音が聞こえてきた。

泥棒はこんなに堂々と他人の家を闊歩しない。しかもその足音はひとりではないのだから、泥棒ではなく客人。もしくはまだ入院しているはずの住職が強引に退院してきたのだろうか。いや、麻美がついているのだからそれもありえないし……。

誰か来ているのか尋ねようとした矢先、継深が開け放していたと思しきリビングと廊下をつなぐ扉から、ひょいと金髪の青年が顔を覗かせた。

「あっ、いたいた！　ツグミ、おまえなんで電話出な……っとぉおおぉ!?」

「ちょ、いきなち立ち止まんな、ヒロ。後ろつかえてんだぞ！　……って、あらー、これはこれはー」

聞き覚えのある声が、食い気味に重なって聞こえてくる。それもそのはずで、なぜかリビングに顔を出したのは継深の大学時代からの悪友軍団、またの名を設計事務所デザインフリークの社員たち、つまりは継深の同僚の高峰博也《たかみねひろや》と近藤永太《こんどうえいた》だった。

「こ……こんにちは、高峰さん、近藤さん」

掃除機を抱きしめながら、継深に抱きしめられるという珍妙な現状はともかく、明日香は顔見知りの彼らに軽く会釈する。

むしろ、目撃されるのは好都合。彼らが継深をからかったりせっついたりして、明日香とつきあうよう背中を押してくれるかもしれない。

なんたる他力本願か。しかし、そんな些細な可能性にもすがりたいこの気持ちこそ、藁にもすがる思いというのだろう。

「え、なんで？　俺、今日からしばらく事務所に顔出せないって言わなかったっけ」

当惑しきった継深は、明日香を抱きしめていることさえすっかり忘れているのか、ニヤニヤしている事務所の仲間の姿に目を丸くしていた。

「いやー、だってツグミ、ケータイつながんないし、家電《いえでん》かけてもぜんぜん出ないからさぁ。でもなんてーの？　かわいい幼なじみのＪＤといたら、電話とか出てる場合じゃないのもわかるってーか？」

明るく陽気な博也が金髪を軽くかき上げて、さも「お楽しみ中に邪魔しちゃった？」と言いたげに疑問形を連発する。

隣に立つ永太は、いつもながら雑誌から出てきたのかと思うほどクールなサロン系のスーツ姿でウンウンと頷いた。

さすがにこの段になれば、何をしているように見えるか継深も気づいてしまうわけで。

「え……、う、うわ、ちょ、あーちゃん、ごめんっ！」

飛びすさるように体を離した継深は、両手のやり場に困っているのか、あるいは抱きしめていた明日香の感触が残っているのか、腕を前に出したままオペ中の医師のごとく両肘を曲げて手のひらを顔に向けている。

「ううん、わたしが掃除機を倒しそうになったのを助けてくれただけだもの。つぐ兄が謝ることじゃないでしょう？」

同僚たちに継深の背中を押してもらいたい気持ちはあるものの、からかわれるのがかわいそうに思えて、明日香はつい説明口調で取り繕った。

「なんかもう、アレだよな？」

「あー、アレね」

博也と永太が顔を見合わせて、右手の人差し指を立てる。

「「リア充爆発しろ！」」

息のあった彼らしい発言に、明日香も思わず笑いそうになった。ここで「その言い回しはちょっと古いですよ」などと言うほど野暮ではない。

継深にいたっては、ヘタするとリア充の意味すら理解していない可能性もある。余計な発言をせず、流れにまかせるべきか。

などと明日香が考えていると、彼らの後ろから甲高い声が聞こえてきた。

「もうもうもうー、入り口で立ち止まらないでくださいよぅ。魅音ちっちゃいんですから、おふたりが通せんぼしたら入れません。ぷんぷんー」

紅一点のマルチーズ、もとい野々原魅音は男ふたりの合間を強引に分け入ってリビングへ足を踏み入れた。

「わー、やっと会えました、つぐみサン！　……って、どうして夏見サンもいるんですかぁ？　あ、お手伝いサンみたいな？」

満面の笑みが一瞬で渋面に変わる瞬間など、そうそうお目にかかる機会はなかろう。ある意味、素直でかわいいひとなのかもしれない。彼女が継深狙いでなければ、その人間性に興味さえ覚える。あくまでも、継深狙いでなければという前提がつくけれど。

「こんにちは、野々原さん」

――だからって人前でかぶった猫を脱いだりしないわよ。あなたと違って、ね。

苛立ちをきっちり抑えこんで、明日香はことさら優雅に微笑んでみせる。

おしとやか、清楚、大和撫子、優々たる女性。

それこそが、明日香が十年間磨き上げてきた筋金入りの『夏見明日香』だ。自分でも胡散臭いと思うレベルに、かぶり続けた猫は巨大化している。おそらく化け猫程度にはなっているだろう。

「それで、どうしてみんなうちまで来たの？　連絡なら電話でも……」

言いかけた継深だったが、スマホの電源が入らないことを思い出したらしく、そこで言葉を区切る。

運悪く、彼は午前中ずっと庫裏から離れて本堂にいた。明日香は明日香で家中くまなく掃除機をかけていたので、固定電話が鳴っていたとしても気づかなかったに違いない。

「電話つながらないから来たんだっつの。てか、先週忙しくて放置してた郵便のなかにスゲーのがあってさ！」

魅音のあとを追うように、博也と永太もリビングへ入ってくる。この場合、彼らは客人だ。明日香はハウスキーパー扱いされたことへの不満を感じつつ、今すべきことを即座に察して掃除機を手にキッチンへ移動した。

食器棚から電動のコーヒーミルを取り出して、継深のお気に入りのコーヒー豆を挽く。事務所でバイトしていたときの記憶によれば、彼らはコーヒー好きの集まりだった。

やれどこそこの豆がいい、ミルは手動がいい、セラミックフィルターがどうだと語りはじめると、小一時間は真剣な表情で話し合うほどに、デザインフリークの社員たちはコーヒーが好きらしい。

明日香自身はコーヒーよりも紅茶派だが、大好きな継深においしいと言ってもらうためだけにコーヒーの淹れ方もずいぶん練習した。

継深の義母の麻美は大雑把な性格のせいか、コーヒーはインスタントでじゅうぶんというのもあり、明日香が遊びに来ているときは継深のためにコーヒーを淹れてあげることも珍しくない。

「えっ、Dwooca《ドゥーカ》の新店舗の設計って……。冗談じゃないの？」

「マジ、信じらんないよなー。あのDwoocaがなんでウチ？　って感じだし」

「魅音はぜんぜん不思議じゃないと思いますよ。だってつぐみサンの設計、超ステキですもん」

「いやいやいや、ツグミ以外にもうち、建築士ばっかですから！　顔面偏差値による格差社会には断固抗議する！」

ドリップしている最中にも、リビングからは彼らの声が聞こえてくる。こういうとき、少しだけ継深が遠い存在に思えて寂しい。

現に彼は、千永寺の僧侶であるだけではなく二級建築士であり、デザインフリークの代表でもあるのだから、ただの大学生の明日香とはまったく違う世界の住人だ。昔からの知り合いでなければ、こうして菅生家に出入りしていることもなかっただろう。

――だけど、あの日わたしはつぐ兄と出会った。タラレバなんて意味ない。歩いてきた道だけがわたしたちの歴史なんだから！

ところで漏れ聞こえてくる会話の端々から察するに、Dwoocaが新しく作る店舗の設計の依頼が来たようだというのは明日香にもわかる。

Dwoocaといえば、若い女性に絶大な人気を誇るファッションブランドのひとつだ。デザイナーは日本人男性だが、起業したのはニューヨークで、人気が出はじめた当初は逆輸入だと話題になったのを覚えている。

「――つまり、Dwooca bloom っていう、今までよりさらにフェミニンでファンタジックなガーリースタイルのラインを始めるから、そのために準備する新店舗の改築設計を相談したいって書いてあんの。わかった?」

ファッションには一廉《ひとかど》の思い入れがあるらしい永太が、書面を手にして熱弁をふるっていた。ただしDwoocaのデザイナーたってのご指名らしい当の継深は、どことなく所在なさげな表情を浮かべている。

ローテーブルの上には、プリントアウトしてきたらしいDwoocaの資料がところ狭しと並んでいて、袈裟姿の継深にそぐわないパステルカラーのワンピース、マキシスカート、もこもこのルームウェア――。

「近藤さんはほんとうにお詳しいですね。なんだか説明を聞いていたら、わたしもDwoocaのお洋服を買いたくなってきました」

明日香はテーブルの下にトレイを置くと、雑多に散らばったペーパーを手にとるそぶりで、さりげなく整理する。

短期でアルバイトに行ったとき、事務所内の書類整理がまったくなされていなかったことにどれだけ悩まされたことか。彼らは建築士としてはそれなりの腕があるのかもしれないが、致命的に物の整理ができない人間の集まりだった。

「いや、詳しいって言われるほどじゃないんだけどね。このくらいは一般常識っていうかさ。あ、でも明日香ちゃんだったらこういう女性らしいラインのスカート、品が良くて似合いそうだよね」

気を良くした永太は、嬉しそうに資料の一枚を手にして明日香に向き直る。

しかしその手から、サッと資料を取り上げた魅音が、モデルと明日香を交互に見比べた。

「えー、そうですかぁ？　夏見サンって年齢のワリに地味っていうか、あ、悪いイミじゃないですよ～？　ほら、こういうのってやっぱり、普段から着慣れてる子のほうが似合うんじゃないかなって？　ウンウン～」

敵対心を隠す気もないのか、彼女は明日香の服装を値踏みするような目を向ける。

今日の明日香は、ベージュのトップスに上品なグレーのミモレ丈スカートで、たしかに一見すると色合いは地味かもしれない。けれど、秋の人気アイテムはきちんと取り入れてある。ふわりと広がるスカートのラインはフェミニンでありながら、落ち着いた色を選んでいることで浮ついた印象には陥らない。

——って、雑誌に書いてあったのを鵜呑みにしてるだけのコーデだけどね。

対する魅音は、丈の短いてろてろ素材のサロペットに、ピンクとイエローのオフショルパフスリーブ。カラフルなニーソがサロペットとの間に見事な絶対領域を作り出している。

明日香からすれば、露出度が高すぎるの一言に尽きるが、魅音は派手な髪色も相まってちょっと隙のあるかわいい女の子に見えた。いわゆる、個性と流行の調和したタイプというのだろうか。

「わたしは野々原さんみたいにかわいらしい色は似合わなくて……。カラフルな服が女の子らしくて、あこがれます」

完全に本心ではないにしても、すべてが嘘でもなかった。

清楚コーデを心がけてきたとはいっても、明日香とて少々初恋をこじらせすぎただけのごく普通の二十歳の女性らしい感性も持っている。自分の外見が、キャンディカラーやパステルカラーとそぐわないことを気にすることだってあった。

若干の緊張感を感じ取ったのか、無言で成り行きを見つめる男性陣が仕事の話に戻りやすいよう、これ以上余計なことは言わないほうがいい。魅音のほうが自分よりもずっとDwoocaの服が似合う、と言っておけばいいだけの話なのだから。

「……ヨユーあるフリ、あんまじょうずじゃないですよぉ？」

コーヒーカップをそれぞれの前に置いていく明日香にだけ聞こえるよう、魅音が小声でそう言った。

瞬間的に、手にしたカップを頭からぶちまけてやりたい衝動に襲われるけれど、そこは聞こえないふりを『じょうずに』やってのける。簡単に挑発に乗るほど、すでに余裕はないからこそのスルーだ。

——だってわたしは崖っぷちだ。どんなに近くにいても、どんなに信用されていても、異性として見てもらえないまま十年が過ぎてしまったんだから。

最終手段として、カラダまで使っているのに、今さらいったいどんな余裕があるというのか。

「んで、ツグミどうすんの？　パーティの招待状も入ってるけど、コレってもう明日じゃん？」

「あー、うん……」

コーヒーカップを手にすると、口元まで持ち上げて香りを堪能し、継深は返事を濁す。

本来、彼は千永寺を継ぐ道を選ぼうとしていたはずだった。それが、大学時代に受賞した仕事と事務所の都合上、今もまだ二足のわらじを脱げないでいる。菅生ツグミという名前は、新進気鋭の建築家としてひとり歩きを続けていた。

「パーティっていったら、パートナーを同伴しないとカッコつかないですよね？　ね？」

最初の問いかけはいまいち気乗りしない様子の継深に向けて、次は博也と永太に同意を求める口ぶりで、魅音が身を乗り出す。

「やっぱ、Dwoocaのドレスワンピとか着ていったほうが印象いいでしょうし、そういうのって魅音、わりと向いてると思……」

「や、そこは明日香ちゃんっしょ。未来の大黒さんだし？」

言い終えるより先に言葉をかぶせて、博也が明日香に笑いかけてくる。

前々から、事務所のひとたちは継深と明日香のことをいずれは結婚するつもりなんだろうとからかうことはあったけれど、大黒さんという単語が出てきたのは初めてだ。もしかしたら博也なりに、寺について勉強したのだろうか。ただ、残念なことに――。

「えー、高峰サンったら間違ってますよぉ。つぐみサンちは、大黒さんじゃなくて坊守さんって呼ぶんです。ね、つぐみサン？」

パーフェクトな上目遣いで継深を見上げて、魅音が長いつけまを瞬《しばたた》かせる。

――なんでアンタが知っている⁉

住職夫人は多くの宗派で大黒と呼ばれるが、千永寺の属する宗派では坊守と呼ぶ。現住職の妻である麻美も、地域の老人たちからは「千永寺の坊守さん」と呼ばれていた。昨今ではその呼び名を知らない人も多く、単に「千永寺の奥さん」と言っても別におかしくはない。

「……よくご存知なんですね」

仏教と縁深いようには見えない魅音に対し、思わず明日香はそう言ってから目をそらす。彼女が継深狙いなのはなんとなく察していたけれど、建築家としての肩書や地位、名声に惹かれただけだと勝手に思い込んでいた。もしかして、自分が思う以上に魅音は継深に本気なのだろうか。

「だって、魅音のイトコがつぐみサンのお義母さんですしぃ。そのくらいは、常識ですよ、ジョーシキ！」

思いもよらぬ魅音の発言に、目を瞠ったのは明日香だけではなかった。

「は？」

「え、マジで⁉」

博也と永太がほぼ同時に魅音を凝視する。

けれど継深だけは何事もなかったかのようにコーヒーを飲んでいた。それもそのはず、魅音の言っていることが真実ならば、彼が知らないはずはない。自身もお寺の次女である麻美と従姉妹ならば、魅音が宗派による呼び名の違いを認識しているのも道理だ。

「野々原さんの実家は、田町のお寺さんだからね」

ひとしきり博也と永太が驚き終わったところを見計らって、継深が静かな声で言う。いつもとなんら変わらない、穏やかで優しい声音。なのに、どうしてだろう。単なる事実を語っただけに過ぎないその言葉が、明日香の胸にぐさりと突き刺さった。

——お寺に嫁いでくる女性は、実家もお寺の人が多いのは知ってるけど……。

だからといって、一般家庭から僧侶に嫁ぐことが問題だということでもない。麻美の実家はお寺だが、継深の実母はそういった素養のまったくない女性だったと聞いている。

「もう、別に魅音の実家のことなんてどうでもいいんです！　つぐみサン、魅音は本気で心配してるんですよ。建築家として認められてるのに、いつまでもお坊さんと兼業なんてよくないに決まってます！　ってことで、明日は魅音とDwoocaのパーティ行って、ふたりの未来について語り合いましょ？」

最後は微妙な方向へ話が進んでいるけれど、今の生活が継深にとって負担であることは明日香もよくわかっていた。

彼自身、千永寺を継ぐつもりで修行をしたはずだ。父であり現住職の継善の年齢を考慮しても、そろそろ本腰を入れて寺の業務に携わってもいい頃合いだろう。

とはいえ状況がそれを許さない。

継深が学生時代に受賞した国際的なコンペの結果をもとに、実際に建造が始まるのはこれからだ。それまでの間、現地の専門家との打ち合わせを幾度も繰り返したうえで彼のデザインが現実となる。さらに、それ以外にも事務所で請け負った仕事の多くにおいて、建築家『菅生ツグミ』が指名されてきた。

たとえ今、継深が事務所を抜けることを決意したとしても、二足のわらじの片方を脱ぐ日は、現実的に考えて最短で二年から三年後になるだろう。

国内の仕事はまだしも、海外での建造には時間がかかる——とは、以前に継深から聞いていた。

時間と手間をかけてじっくりと建設された建築物は、百年、二百年後の未来まで遺すことを前提にされている。コンペの最優秀賞デザインをもとにした場合はなおさらだ。

——もし、つぐ兄が建築の道を選んだとしても、わたしの気持ちは変わらない。だけど野々原さんは僧侶としてのつぐ兄じゃなく、建築家としての『菅生ツグミ』でいてほしいと願ってるのかしら。

十年来の初恋は、彼の職業に左右されないほど、ただ菅生継深そのひとに向けてまっすぐだ。彼が僧侶でも建築家でも、今から漫画家を目指すと言いだしても、好きという気持ちに影響はない。

――できることなら僧侶でいてほしいとは思うけど……。だってつぐ兄って、袈裟姿が最強だもの！

ちらりと視線を向けると、憂いに満ちた表情でうつむく継深はどこか浮世離れして、その風情すら色香を感じさせる。僧である彼に対して色香を感じるなど、とてもではないが口に出すわけにはいかない。秘めたる欲望ほど艶めいて美しく見えるとは、得も言われぬものである。

そんな明日香の考えには当然気づくことなく、継深はゆっくりと顔を上げると口を開いた。

「そうだね、いつまでもこのままってわけにはいかない。博也、やっぱり俺は……」

「あーっと、その話は今するべきじゃなくね!?　とにかくパーティだよ、パーティ！　ね、明日香ちゃん、パーティ行きたいよねー？」

得意のかぶせ気味トークで継深の言葉を遮った博也が、強引に矛先を明日香へ向ける。

デザインフリークの仲間たちは、継深が抜けることを恐れていて、決定的な言葉を口にされないよう必死だ。そして、学生時代からの仲間たちが強く引きとめようとしていることを察している継深も、はっきりと事務所を辞めると言えずにいる。

「でも、お仕事で呼ばれている場に、わたしのような無関係な人間が行っていいんでしょうか？」

文句のひとつも言おうとかまえた魅音が声を発するより先に、いかにも控えめで謙虚なそぶりで明日香は問いかけた。

継深のパートナーとして、自分以外の女性が隣に並ぶのは絶対に嫌だ。だが、勢い込んで「ぜひ行きたいです！」なんて言うのは明日香のキャラではない。『いい子をやめる』と継深に言ってはみたものの、実際には長年かけて作りあげた自分を壊すつもりはなかった。

ここで博也か永太が「もちろん！」と言ってくれるのを期待していた明日香の耳に、予想外の声が聞こえてきた。

「うん、お願いしてもいいかな、あーちゃん」

継深の言葉に、魅音が唇を噛む。博也と永太は目を見開いた。

それもそのはず、継深は優しく穏やかな性格ゆえか華やかな場が苦手だ。彼がパーティに行きたくないと言うに違いないと踏んで、博也あたりは明日香を同伴させようとしていたのだ。

――どういう風の吹き回し？　つぐ兄がパーティに行こうとするなんて。でも、理由なんてどうでもいい！　わたしを選んでくれるなら、それだけで嬉しい！

飛び上がりそうな心と体をぐっとこらえ、明日香は肩にかかる長い髪をことさらゆっくりと払う。浮かれてなんかいないとアピールするための所作だったが、指先が震えていることに自分でも驚いた。

「ええ、わたしでいいなら喜んで」

天にも昇る心地で、彼女は微笑む。

衒《てら》いのない優しいまなざしで彼が小さく「ありがとう」と告げる。

その一瞬だけは、周囲に継深の同僚たちがいることさえ忘れてしまいそうだった。魅音がものすごい視線を向けているのも、華麗にスルーできるくらいに幸せだったから。


♪。+.ﾟo.+。♪。+.ﾟo.+。♪


困った。困ったというか、困りきった。困り尽くした。困りの果てに困り着いた。

数時間前に極上の幸福を感受していた明日香が、なにゆえこれほど頭をかかえているかといえば、明日のパーティに着ていく服が原因だ。

別段、明日香とて魅音がことさら大げさに言うほど地味な服しか持ちあわせていないということもない。姉ふたりに頼めば、華やかでドレッシーなワンピースの一着や二着、どうとでもなる。ただし、それはDwoocaではないブランドのものなのである。

もとよりガーリーなイメージの強いDwoocaは、姉たちの好みとはかけ離れている。しかもパーティの規模がどのくらいなのかもわからないため、どの程度のフォーマルさを求められているのか見当もつかない。

階段教室の目立たない後ろから三列目を陣取って、講義などいっさい耳に入らないまま、明日香は机に広げたファッション誌を食い入るように見つめていた。

当人は研究しているつもりだが、今の明日香を見る人は、親の仇か恋人を寝とった女を睨みつけて、眼力だけで射殺そうとしているように見えたかもしれない。

——そもそも、Dwoocaのパーティだからといって全身Dwoocaずくめで行ったら笑いものかもしれないじゃない？　でも目立つアイテムはDwoocaを持つのが礼儀なのかしら。バッグくらいなら今日の帰りに買っても……。ああ、でも先にバッグを買ったところで、服のイメージも定まっていないんだからどうしようもない。

「……うぅ……」

フェミニン、ガーリー、スウィート、愛されコーデがぐるぐると脳内をまわるも、そのなかに自分が選ぶべき一点が見つけられないのだ。

すべてにおいて完璧であることなどできない。それを踏まえたうえで、できるかぎりの努力を惜しまないことが明日香の信条だ。殊《こと》、継深に関係することで妥協なんて、考えるだけで罪になる気がする。いつだって彼の隣にいるためには、精一杯の自分でいなければいけない。

今回で言うなら、クライアントが継深の隣に並ぶ明日香を見て「おや、これはなんとセンスの良い女性を連れているのだろう。さすが菅生氏だ」と思ってもらいたいのだ。

結婚のケの字すらないふたりの関係を進展させるために、先だって内助の功を稼ぎたくて何が悪い。

――や、悪くはないのよ、悪くは……。ただ、そのための明確な道すじが見えない！　パーティに同伴することを二つ返事で引き受けたからには、今さら継深に「何を着ていけばいいかわからない」と泣きつくなんて、明日香にできようはずもなかった。それくらいならば、魅音に土下座してコーデを考えてもらうほうがマシだ。いや、ちょっと言いすぎか。土下座するならせめて相手はじつの姉にしておこう。

益体《やくたい》もない思考の大海原をたゆたう間に携帯に一通のメールが届いていたのだが、明日香がそれに気づくのはさんざん悩み尽くして講義も終わったあとだった。


「すっっっっっっっっっっ……」

呼吸を忘れてしまったのではないかと思うほど、彼は長い溜めの時間を置く。続きを言う前から、早くも店員が「あ、これは決まりだわ」とほくそ笑むのが見えた。

姿見の前では、試着室から出てきたばかりの明日香が、演技ではなく恥ずかしげに少しうつむいて立っている。彼女が普段、決して選ばないタイプのひらひらふわふわした夢のようなサーモンピンクの姫系ワンピを着て――。

「……っごく!!　かわいい、あーちゃん！」

いつもならば、謙遜の言葉と恥じらいの表情でしとやかな女性を演じつつ、心のなかでは「むしろ、そうしてるつぐ兄のほうが百万倍かわいいです！　そのきらきらのまなざし

だけで一週間は妄想に励めます!!」と叫んでいるところだが、今の明日香に余裕はない。

「そ、そう？　ほんとに？　あの……」

——あぁぁぁ……！　わたしみたいな腹黒オンナに、つぐ兄はこんなかわいらしいワンピを着せたがるなんて！　本性を隠したままで処女奪ってもらおうとか、それで責任感じさせて結婚まで持ち込もうとか、ずるいことばっか考えてゴメンナサイ!!

阿弥陀さまに胸のうちで謝罪しながらも、かといって今さら自分で始めた茶番をやめるつもりなど毛頭ないのだから、いっそ徹してしまえというものである。

数時間前——。

講義が終わってメールを確認すると、継深から買い物のお誘いがきていた。本文を読む前に内容がわかる。なんといっても、件名が『買い物のお誘い』だ。

とはいえ、夕食の食材を一緒に買いに行くのではなく、彼はパーティ用の服を見繕うために誘ってくれた。ビバ、パーティ！

継深と会えるなら、理由がなんであろうと嬉しい明日香は、喜び勇んで彼との待ち合わせ場所へ。

「あーちゃんはいつもかわいいけど、いつもと違う雰囲気もいいんじゃないかな」

待ち合わせの喫茶店では、大人っぽい穏やかな笑顔でそう言っていた継深だったが、その名残は、現在、店内のどこにも見当たらなかった。

親バカならぬ兄バカ。

しかも、じつの兄ではなくて兄のような存在が、妹のような存在に対してひたすらに『かわいい』を連発しているのだから、店員も周囲の客もバカップルだと思って眺めているのだろう。

「彼女サン、よくお似合いですよ。これだと、こうやって髪をサイドにゆるくアップにしたりもいいですし、ちょっとしたパーティどころか、結婚式の二次会でもＯＫです」

「は、はぁ……」

継深は、相手が二度と会うことのないショップ店員だろうと、毎日顔を合わせている千永寺の檀家の八百屋のおばあちゃんだろうと、こういう場合には困ったような笑みを浮かべて否定する。

明日香は恋人ではなく、大切な妹なのだと告げる彼は、世界でいちばん優しくて世界でいちばん残酷だ。絶え間ない愛情を感じさせるくせに、それは明日香が欲する感情ともっとも遠いのだからなおさら苦しい。

――だけど今日は否定しないのね？

今までとは違う彼の言動に、目に見えない何かを期待したくなるのは当たり前だ。

仕事関連のパーティに出席するうえで、魅音ではなく明日香を同行すると決めたことも、わざわざドレスを一緒に選びにきてくれることも、恋人と勘違いされて否定せずにいてくれることも、すべてが特別に思えてくる。

「うん、やっぱりこれがいいと思うよ。あーちゃんは？　気に入らないなら、ほかも試着してみる？」

気に入らない理由などひとつもない。好きなひとが選んでくれた。そして、似合うと絶賛してくれた。

口先だけの賛美ではなく、興奮を表すように彼の目元がかすかに赤らんでいる。右目の下の泣きぼくろが不意に目について、明日香は急にそのチャームポイントにくちづけたくなった。無論、今はそんな場合ではない。

「つぐ兄がそんなに褒めてくれるなら、これにするわ。選んでくれてありがとう」

彼のジャケットの袖口を、そっと指でつまんでみる。けれどそれは一瞬だけ。

明日香は店員に向き直ると、上品に会釈をした。

「着替えてくるのでお会計の準備をお願いします」

「かしこまりました」

試着室のカーテンを閉めて、ひとりきりになった途端、背筋をぞくぞくと喜びに似た快感が駆け抜ける。

——彼女ですって！　しかも否定しなかったし！　やっぱりきっかけって大事なんだ。ていうか、つぐ兄のテレ顔ヤバすぎなんですけど、なんであんなにかわいいの～!?

思わず両腕で自分の体を抱きしめ、その場で身悶えしそうになるのを必死でこらえた。

彼が明日香を気遣って買い物に誘ってくれたことも、服を選んでくれたことも、もちろん嬉しい。

けれど何より、二十六歳とは思えない邪気のない笑顔に呼吸さえ忘れそうになる。

目の前の鏡に映る自分の姿をもう一度確認して、彼女は小さくこぶしを握りしめた。

「明日は覚悟しててね、つぐ兄……！」

立食パーティと聞いているが、アルコールは当然準備されているのだろう。しかも夜に家をあけるため、継深は双子の面倒を見てくれるシッターも手配済だという。

酔ったフリでもいい。

なんなら継深が酔ってくれてもいい。

臨機応変に理由をひねり出して、帰りにどこかふたりきりになれる場所へ彼を連れ込むのだ。

ヤりたい盛りの思春期男子のような妄想を胸に、明日香はにやつきそうになる頬を引き締めた。

ワンピースは当初の予定より高額だったが、そんなことを気にしていられない。夏のバイト代は貯金したままだから、買って買えない金額でもないはずだ。

——いっそ、わたしがつぐ兄の着る服も選んで買ってあげたい。マンガで御曹司とか社長が「脱がせるために買ってやったんだ」って言うみたいに、わたしが選んだ服を買って着せて、好き放題脱がしたい〜！

自宅ならば、確実にベッドの上に転がって悶絶しまくるところだが、さすがに試着室でそれはムリである。明日香は愉しい妄想をひとまず胸の奥にしまい込んで、着慣れないワンピースを脱いだ。

その間に継深が会計を済ませていることなど、当然彼女はつゆ知らず――。


♪。+.゜+。♪。+.゜+。♪


およそらしくもない、サーモンピンクのふわふわ姫系ワンピを着て、明日香は薄く微笑みを浮かべていた。

パーティ会場は、華やかな女性たちが色とりどりの模様を描き出し、眺めていると目がちかちかする。

――でも今日のわたしは無敵！　なんといっても、つぐ兄が隣にいるんだもの。

「あーちゃん、人が多いから俺のそばから離れちゃ駄目だよ」

「ええ、わかってるわ」

そっと彼の腕に触れて、明日香は上目遣いで頷いた。

Dwoocaの姉妹ブランド立ち上げとあって、会場内にはモデルや芸能人がひしめいている。場違いなのは重々承知だが、こうして継深といられるならばそれだけで幸せな気がした。

「それにしても、パーティはやっぱり苦手だな……」

黒い細身のスーツに、光沢のあるグレーのワイシャツ姿で、継深が髪を耳にかける。やわらかな髪は、いつもに比べてしっかりとセットされ、フォーマルな雰囲気を醸し出していた。

「ふふ、でもつぐ兄のそういう格好を見られるなら、パーティも悪くないかなって思っちゃう」

「俺？」

目を見開いて、驚いた表情で彼が明日香を凝視する。彼はこの場に招かれるほどの実績を持つ建築士だというのに、まったくもって謙虚だ。

もちろん明日香は目を伏せたりせず、彼の視線を受け止めてじっとその瞳を見つめ返す。どんな些細なきっかけで、継深が明日香を女性と認識してくれるかわかったものではない。さらに、現状やっと女性認識されはじめたばかりなのだから、チャンスはひとつでも逃さぬよう彼女は常に細心の注意を払っていた。

「あ、待って。そんなにまじまじと見られると、ちょっと恥ずかしいかも」

継深は頬をかすかに赤らめて顔を背ける。

――阿弥陀如来さま！　ここに奇跡のひとがいます！　純粋さでつぐ兄に勝てる人間なんて、絶対この会場にひとりもいない！

今にも抱きつきたくなる愛しい彼を見上げて、明日香はのたうちまわって悶絶しそうなほどに愛しさを噛みしめる。

「つぐ兄はわたしに見つめられてもなんてことないでしょ？　もう十年のつきあいじゃな

い?」

意地が悪い、と自分でも思う。

彼は単純に普段と違う自分を見られることに困惑しているだけだ。それなのに、何かしら特別な感情を付加してくれていると言わせたいだなんて。

「いつもの地味な俺を知ってるあーちゃんだから恥ずかしいんだよ。見知らぬ人なら、逆に平気っていうか……」

実際、継深は背が高くすらりとした体軀で、涼しげなのに甘い目元が印象的な整った顔立ちをしている。泣きぼくろがチャームポイントになって、彼の魅力に多くの女性客が目を奪われているのに、当人はまったくそれに気づいていない。

——できれば、女性として意識してもらいたいんだけど、そこまで一足飛びにはムリよね。わかってる、わかってるのについ焦っちゃうのは悪いクセだ。

何食わぬ顔をして、彼の隣にいるのは簡単だった。継深の周囲にあるやわらかくて穏やかな空気を乱さず、ただ隣にいるだけの十年間。それは努力の結果だったが、恋人になれないなら間違った努力だったのかもしれない。

いい子でいるのをやめると宣言したからには、彼を困らせるとわかっていても踏み込みたくなる。そうでもしなければ、きっと継深は気づいてくれないのだ。明日香が彼に対して、どれほどひたむきな愛情を向けているのかも、そしてどんな欲望をいだいているのかも——。

「菅生さん！　よかった、来てくださったんですね」

不意に声をかけられて、継深がハッと表情を引き締める。彼にとっては、これも仕事の一環だ。

「Dwoocaの広報部部長をつとめております、手塚瑛《てづかあきら》と申します。お会いするのは初めてですが、私は菅生さんの手がけたデザインをずっと追いかけてきました」

そう言って、彼――手塚瑛は名刺を差し出す。

三十歳前後と思しき瑛は、身長こそ継深より少し低いものの精悍な顔立ちの美丈夫だ。この若さで部長職に就くのは、Dwoocaが新進デザイナーズブランドであることも関係するのだろう。

さすがはアパレル産業に従事する人間と言うべきか、インパクトの強いグレンチェックのスリーピースを見事に着こなしている。

「初めまして、デザインフリークの菅生継深です。このたびはお招きに与《あずか》り光栄です」

とはいえ、明日香の目が追うのは継深ただひとり。十年来の初恋を別にしても、彼のスーツ姿は際立って見える。

――お招きに与りってことは、この手塚さんという人がつぐ兄に仕事を依頼しているのかしら。

残念ながら、仕事の面において明日香が手伝えることは何もない。パーティという場を考えると、お人形のように微笑んでいるのが関の山だ。

「今日は堅苦しい話はなしで……と言いたいところなのですが、菅生さんにぜひ会いたいと弊社の代表が申しておりまして、よろしければ少しお時間をいただけないでしょうか？」

「私に、ですか？」

困惑顔の継深が、ちらりと明日香に目を向ける。

「二階に落ち着いたスペースをとってあります。お連れの女性もご一緒に……」

瑛が言い終える前に、明日香は微笑んで軽く首を横に振った。

「おじゃまになりますので、わたしはこちらで待たせていただきます」

先方からすれば、明日香が仕事関係者かプライベートのパートナーか判断しかねるところだろう。ならば先手を打って、仕事の邪魔をしないようつとめる。

「ごめんね、あーちゃん。少し待っていて」

小声で語りかける継深がかわいくて、同時に彼がいつまでも自分を小さな子どもだと思っているのが伝わってきた。

「だいじょうぶ。わたし、もう子どもじゃないのよ？」

「……だから心配なんだけどなあ」

「え？」

「なんでもない。——手塚さん、お待たせしてすみません。二階ですか？」

まっすぐな背中を見送って、明日香はふぅと息を吐く。

正直に言えば、見知らぬ人に囲まれたパーティ会場なんて面倒でしかないけれど、これも継深の仕事に必要なこと。そう思えば、待っているだけの役割も悪くはない。

——せっかくだし、何かおいしいものでも食べて帰ろうっと。つぐ兄といるときにお腹が鳴ったら恥ずかしいしね。

色鮮やかなプチトマトとフレッシュバジル、モッツァレラチーズのピンチョスに、ひとくちサイズのえびアボカドタルト、トルティーヤのラップサンドには生ハムとチーズが巻かれており、ローストビーフのコーナーでは、早くも列ができている。

さすがはDwoocaのパーティというべきか、料理ひとつとっても華やかで目移りしそうだ。

カリフォルニアロールと香草焼きチキンをお皿によそい、明日香は庭に面したガラスのカウンターテーブルに落ち着いた。

特に緊張しているつもりはなかったけれど、こうしておいしそうな料理を前にしてもあまり空腹は感じられない。

取り分けた料理を食べ終わったとき、近づいてくる影を感じて「つぐ兄かも？」と顔を上げた。

「おひとりですか？　よければ何か、飲み物を」

見知らぬ男性が、下心のありそうな目つきでこちらを見ている。

パーティ会場でナンパだなんて、ここは仕事の場ではないのだろうか。あきれた気持ちをなんとか抑え、明日香はいつもどおりに笑みを浮かべる。

「お心遣いありがとうございます。でも、今は結構です」

「そうですか、残念だ。とてもきれいな黒髪で、先ほどからつい見惚れてしまいました。Dwoocaの関係者の方ですか？」

連れがいるとはっきり言えばよかった。

男性は明日香の拒絶の返事を飲み物に関してだけと思ったのか、堂々と彼女に近づき話しかけてくる。

——まいった。普段なら無視して済ますところだけど、この会場にいるってことはもしかしたらつぐ兄と仕事で関わる相手かもしれないし、無下にはできないのよね……。

内心、面倒だと思いながらも相槌を打つ彼女に、相手の男はまったく気づかないらしい。それどころか、給仕からシャンパンのグラスをふたつ受け取ると、片方を再び明日香にすすめてくる。

そろそろ潮時と思い、明日香はその場から離れる言い訳を口にしようとしたとき——。

「この会場は少しにぎやかですね」

喧騒を理由に顔を寄せてきた男につい嫌悪感を覚える。同時に、頭越しに継深が歩いてくるのが見えて、明日香は咄嗟に手にしていたグラスに口をつけた。これも作戦の一部だ。

「どこかで飲み直すというのはどうでしょう？」

「いえ、わたしは……」

わざと困った顔をしてうつむくと、しめたとばかりに男が明日香に手を伸ばしてくる。その手が腰に触れるより先に、継深が素早くつかんだ。

――そう、こうでなくっちゃ！

タイミングをはかっていたなんて思われてはまずい。明日香は驚いた様子で継深を見つめると、ほっとしたように相好を崩す。

「失礼、彼女は私の連れですが何か？」

穏やかな口調だが、言外に「俺の女に手を出すな」的な感情が感じられるのは気のせいだろうか。

「あ、いや、その、それでは僕はこれで……」

考えてみれば、先日渋谷で偶然会ったときも継深はキャッチの男から明日香を守ろうとしてくれた。

あとは先ほどあえて少しだけ飲んだシャンパンを効果的に使わなくては。

明日香は継深の袖口をきゅっとつかみ、「おかえりなさい」と囁いた。

「……ごめんね、あーちゃん。ひとりで心細かった？」

「ううん、だいじょうぶ。つぐ兄は、お仕事のお話終わった……の……？」

「えっ、あーちゃん⁉」

よろけたふりで、彼女は上半身を継深に預ける。ふわりと鼻先をくすぐるのは、いつもと同じ香りだ。和装でなくとも、彼の体には白檀の香りが沁みついている。

「少し、酔ったみたい……。なんだかふらふらするの」

シャンパンひとくちで酔うはずもないが、ここは自分の演技力と継深の優しさにかけるしかない。

「俺につかまって。もう仕事の話は終わったから、外の空気を吸いに行く？」

「横になって休みたい……」

目を閉じて、しなだれかかるように体重をかけると、継深がぎゅっと明日香の体を抱きしめた。

「わかった。すぐに休めるところに行くから。俺がひとりにしたせいで、ほんとうにごめんね、あーちゃん」

罪悪感がないわけではない。

声だけで、継深が心底申し訳なく思っているのが伝わってくるのだから、嘘をついている明日香だって心は痛い。

——だからお願い、わたしだけのつぐ兄になって。

明日香の肩を抱いてクロークに預けている上着を受け取ると、継深は地下の駐車場へ向かう。

「急いで家に帰るか、それとも……」

もし相手が継深でなければ、酔った女性が「横になりたい」なんて言い出した時点で据

え膳の予感を覚えそうなものだが、誠実が服を着て歩いている彼はまったくそんなことを思いもしないらしい。

もどかしさに、明日香は彼の体に抱きついた。

「あーちゃん？　どうしたの、吐きそう？」

「どこか、休めるところに行きたい。ベッドのあるところ……ダメ？」

もしもふたりの関係が、以前のままだったら——。

きっと継深は明日香の策略にもはまることなく、車内に冷たい飲み物を買ってきて休ませてくれただろう。

——でも、そうじゃない。わたしが大人の女性なんだって、つぐ兄はちゃんと知ってるでしょう？　見て、触れて、知っているはずだから……。

「……わかった」

果たして車は、会場から少し離れたきらびやかなネオンの建物へと吸い込まれていく。

ブティックホテル、ファッションホテル、呼び方はいろいろあるけれど、いわゆるラブホテルというのがいちばん馴染みのある呼び方だ。

彼氏いない歴＝年齢、処女の明日香にとっては、足を踏み入れることさえ初めての場所だが、望んだのは彼女のほう。

——今日こそ、もっと先まで進んでみせるんだから、覚悟しててね、つぐ兄！

男女の立場が確実に逆転している気はするが、そんな些細な問題はどうでもよかった。

ただ、どんな手を使っても彼がほしかった。それだけだった。

残念なことに、パネル式のフロントで継深が選ぼうとしたのは『休憩』のボタン。

当然といえば当然だが、今夜は帰りが遅くなることも見越してシッターも頼んであるのに、まだ継深は帰るつもりらしい。

――まあ、そうなるのはわかってたけどね。うーん、いまさら「お泊まりがいいの」なんて言い出すわけにはいかないし、さてどうしようかな……。

しかし、彼の指はパネルの前でとまっている。ここまで来ておいて、部屋に入るのを躊躇するのは、もしかしたら明日香の仮病に気づいているのか。

「か……帰りたくなったら夜中でも帰れるから！　ヘンな誤解しないでね」

意識朦朧――のふりをしている明日香に、わざわざそう断って、継深は『宿泊』を選んだ。

なんの奇跡かと目を瞠る局面だが、今そんなことをしたらほんとうは酔ってなどいないのがバレてしまう。

明日香は跳び上がりたいほど嬉しいのを懸命にこらえ、部屋につくまではなんとか具合の悪いふりをまっとうした。

室内は少し薄暗く、青色の光が満ちている。

壁に埋め込みの水槽が設置されており、小さな熱帯魚が泳ぐ影が揺らぐ。

――思っていたよりキレイなんだ、ラブホって。

室内にちょっと不思議な自動販売機があること、枕元の銀色のトレイに避妊具が二種類置かれていること、それらを除けばここがラブホテルだなんて気づかないかもしれない。むしろ、ドラマや映画で見るオシャレで生活感のない部屋に近い気がする。

「あーちゃん、ミネラルウォーターいる？」

「ううん、だいじょうぶ。少し落ち着いたみたい」

ベッドに横たわっていた明日香は、ゆっくりと体を起こす。

「迷惑かけてごめんなさい」

「迷惑だなんて、そんなことないよ。俺のほうこそ会場でひとりにして、こんなところに連れ込んでごめんなさい」

ジャケットを脱いだ継深が、慌てて明日香のそばまで来ると深々と頭を下げた。

こんなに優しい人を騙している。バレたらもう二度と口をきいてくれないかもしれない。

罪悪感は心を苛んでいくというのに、明日香は継深の髪をそっと指先で梳いていた。

「……あーちゃん？」

「つぐ兄は何も悪くないのに、どうして謝るの？」

「いや、だって嫁入り前のお嬢さんをこんな……えーと、こういうところに、ほら、ね？」

どうせなら、明日香の両親に謝らなければならなくなることをしでかしてほしいものだが、マジメな彼がそんな暴挙に出るとはとても思えない。

「ううん、勉強になるわ。だってつぐ兄は、わたしの先生だもの」

何の先生なのかは、あえて言葉にしないでおく。彼も忘れていようはずがないのだから、これだけでじゅうぶんだ。

「あっ、いや、そういうつもりじゃないからね。何もそんな不埒なことを考えて連れてきたわけじゃありません！」

がばっと身を起こした継深が、慌てて二歩、三歩と後ろに下がる。間接照明の明かりが、グレーのワイシャツを艶めかしく浮かび上がらせた。

「不埒なこと？　ねえ、つぐ兄、わたしがあんなお願いをしたのって、不埒でイケナイことなのかな。ほんとうはつぐ兄、わたしのことを軽蔑してる……？」

わざとらしくならないよう、明日香はしゅんとしてうつむく。ほどいた髪が表情を隠し、ほどよく悲しんでいるように見えるだろう。

「いや、いけないことじゃないよ。好きな人に触れたくなるのも、触れてもらいたくなるのも当然だよね。軽蔑なんてするわけないよ」

「ほんとうに？」

「ほんとうだよ」

——よし、かかった。

まるで熟練の漁師にでもなった気持ちで、明日香は心のなかでだけぐっと拳を握りしめた。

「ほんとうのほんとう？」

「あーちゃんは疑り深いなあ」

ぽんぽんと頭を撫でて、継深がベッドに腰を下ろす。今にも抱きつきたくなるけれど、それはまだまだ我慢である。

「俺にできることなら、なんでもする。大事なあーちゃんのためだからね」

「じゃあ、今夜もレッスンしてくれるの？」

「えっ」

唐突な問いかけに、継深の手がこわばった。

だが、彼はその直前になんでもするとまで言っているのだから、ここで明日香が引いては意味がない。

「じゃ、じゃあ……あーちゃんが具合悪くないなら、少しだけ……」

頭を撫でていた手が、そっと頬へ移動する。

彼の指先はいつも優しく、明日香を傷つけないよう心を配っているのが感じられた。

「もう平気。だから……」

よし、このまま、このまま抱きついて――。

明日香がそう思った途端、継深はすっくと立ち上がる。

――ああ、もう！　あとちょっとだったのにー。

そんな心の声が彼に聞こえていなくてよかった。継深にとって、明日香はかわいい妹なのだから、邪念と欲望がバレては計画のすべてが水の泡だ。

「ちょ、ちょっとシャワー浴びてきていいかな。なんか緊張しちゃって、あ、いや、人混みにいたから、手とか洗いたいなーって」

だが意外や意外、今夜の継深はずいぶんと積極的である。

「うん、待ってる」

「……なんか俺、あーちゃんを待たせてばかりだね」

「え?」

「なんでもない」

彼は少し寂しげに微笑むと、バスルームへ消えていった。

——つぐ兄、どうしてそんな顔をするの? わたしのこと、おいしく食べちゃいたいとかは思えないの? どこまでいっても、わたしはつぐ兄の妹ってこと……?

滅入りそうになることもある。なんといっても、大好きな人に嘘をつくのは容易なことではない。

「……でも、絶対あきらめない」

ナンパは想定外だったけれど、今夜はもともと泊まるつもりだった。家族には家を出る前に「遅くなったら、泊まってくると思う」と言ってある。

シャワーの水音が水槽の青い光と相まって、まるで深い海の底にいる気持ちがする、この部屋で。

——お父さん、お母さん、おねえちゃんたち、明日香は今夜こそ大人の階段をのぼってみせます！　何より、大好きなつぐ兄のものになってみせます!!

そして、二回目のレッスンの夜が始まろうとしていた。


自慢になぞならないが、明日香とて正真正銘処女である。初めての行為に不安がないとは言わない。

アレをアレしてアソコにソレするワケだから――と指示語だらけでイメージしても、知らない痛みや快感は思い描くことができないのだ。

バスルームから聞こえてくる水音をＢＧＭに、彼女はベッドの上に仰向けになり、おそらくこのくらいと当たりをつけて足を開いてみる。

頭を枕から浮かせて眺める自分の格好は、あまりにも無様だ。両足を左右に広げ、膝を立てた姿はまるでひっくり返ったカエルそのもの。

ならば足を上げてみればどうか。両膝の裏に手を入れ、思い切りがばっと――。

処女が考えぬいた行動の結果、尻が軽く浮いたますます羞恥心を煽る格好になる。

「…………ないわー」

ため息をついて、明日香《あすか》は体を起こした。

愛の行為なんて言ってみたところで、所詮は生殖行動。

人類が二足歩行に踏み切った結果、正しい体位は女性が寝具に背をつけて仰向けになり、大股かっぴろげて男性を迎えることとなった。

だが、その格好の滑稽さたるやいかに！

処女だからなのか、あるいは処女ゆえになのか、もしくは処女でさえなのかはわからないが、とにかく明日香にとって好きな相手の前でこんな姿をさらすのは苦行に思える。

常日頃、猫をかぶって生活している『お上品な夏見さんちの明日香ちゃん』が聞いて呆れるというものだ。

——でも、みんなやっていることよ。

ベッドのふちに座って、彼女はため息をこぼす。

わかってはいても、処女には高いハードルだ。ハードルどころか、棒高跳びのバーほどに思える高さだ。見上げた空、遥か上空の飛び越えるべきバーは見えない。

気を静め、明日香は室内をぐるりと見回した。熱帯魚はひらひらと泳ぎ、水槽の作り出した影が床や壁に自然な揺らぎを落としている。

はたと目を留めたのは、大型の壁掛け液晶テレビだ。

ラブホテルに入室するのは初めてだが、こういうところではとあるチャンネルが放映されているという前情報は現代人ならたいていが持ち合わせている。当然明日香も知っていた。

「これは使える……かも？」

ベッドを下りると、テーブルの上にあるリモコンを手にする。電源を入れると数秒ののちに、液晶画面いっぱいの肌色が映し出された。

『あっあっ……、ああァん、ダメぇッ……』

全裸の男女が組んず解れつ、バスルームと思しき場所で肉弾戦に励んでいる。シャワーが出しっぱなしのようで、ふたりはいろいろな意味でびしょ濡れだ。

プレイ内容にも登場する男女にも興味などないが、明日香はそれを真剣なまなざしで見つめる。

もし、あの男性が継深だったら。

そして、彼に抱かれる女性が自分だったなら――。

そう思った瞬間、下腹部がじんと熱くなった。不感症などではない、健康な二十歳の女性なのだから当然か。だが、これでは継深に不感症だと偽ったまま行為に及ぶのが難しくなる。

――ていうか、今の目的はそういうことじゃないから！　楽しい妄想の時間は別として、つぐ兄にこういうの見て興奮してもらったほうがいいよねっていう！

前回、継深は見事に理性を総動員して、ある程度のところで終わりの線を引いた。

せっかくの二回目だ。

一歩先へ進むためにも、ラブホの利便性を活用したほうがいい。

それに明日香を健気でかわいらしい妹と思い込んでいる継深ならば、彼女が煩悩のままにAVを視聴しているとは考えないだろう。

せいぜいが「あーちゃん、そんなに真剣に……ほんとうに悩んでいるんだね」と曲解してくれるに決まっている。

『いやァ……っ！　そんなに奥までっ、あっ、あぅッ……、うぅ、はァん……っ』

体当たりな女優の演技に、つい目を奪われる。

これは作り物で、実際にはAVのような喘ぎ声をあげる女性はいない。と、耳年増な明日香は聞き及んで知っているが、なにしろ参考となる意見は自分の体感ではなく、女子の噂話のみだ。

——実際のところはどうなのかしら。ほんとうは、みんなこのくらい思い切り喘いでいるの？　だとしたら、つぐ兄もこういうのをお望みかもしれないし……。

「あ……、あーちゃん？　えっと、何を……」

テレビの前に立ち、真剣な表情で画面に見入る彼女を見て、バスローブ姿の継深が戸惑いの声をあげた。

「こういうの、見たことがなかったから後学のために」

準備しておいた言い訳をすると、彼のほうが童貞よろしく頬を染める。

「あ、う、うん。そうだね、そういう勉強というか、うん、あはは……」

まったくもってかわいらしい反応すぎて、明日香は心臓がきゅうっと締めつけられる気がした。

年上の男性相手に、テレ顔がたまらんなどと豪語できるキャラでもなく、まして今から「これと同じプレイをしてみましょう」なんて言わんとする身としては、ピュアもへったくれもないのだが、それでも継深を前にすると心が愛しさで満たされる。

「つぐ兄は？」

かわいさ余って何かがムクムクと湧き上がるのを、明日香はこらえようとしなかった。

「え？」

尋ねられた意味が理解できず、継深がかすかに笑みを浮かべる。

「つぐ兄もこういうの、やっぱり見るの？」

「なっ……いや、ええっっ!?」

濡れた黒髪から水滴が散った。継深は髪を乾かさずに出てきたらしい。なんの気なしに手を伸ばすと、指先に触れる髪はひどく冷たい。彼は赤面して困っているというのに、髪だけがこんなに冷たいだなんておかしな気がして——。

「……え？」

そっと手のひらを、彼の頬に当ててみる。

伝わるのはぬくもりのはずが、継深の頬はたった今、氷の国から帰ってきたとでも言わんばかりに冷えきっているではないか。

「どうして？　シャワーを浴びたのに……」

水音が聞こえていたからには、適温のお湯で体を流しているとばかり思っていた。いや、思う思わないの問題ではなく、通常は誰しもがそうするだろう。真夏でクーラーが壊れた部屋に住んでいるというのならまだしも、ただいまふたりは快適な室温のホテルにいるのだ。

「………頭を冷やしていたんだ。あーちゃんに協力するだけの俺が、よこしまな気持ちにならないように」

眉尻を下げて弱く笑う彼は、いつだって明日香の大好きな『つぐ兄』で、優しい彼だからこそこんな茶番につきあってくれている。だが同時に、彼の優しさは継深自身を傷つけているのかもしれない。

「……わたしのせいね」

バスローブから覗く素肌にそっと触れると、胸もひんやりと冷たい。

よこしまな気持ちをいだいてほしかった。

愛情でなくともいいから、既成事実を作って彼を手に入れたいと思っていた。

そんなずるい明日香のために、継深は誠心誠意つとめてくれている。

「そうじゃない。俺が……あー、うん、いや、あーちゃんが魅力的だからっていう意味では、少しあーちゃんのせいなんだけど」

否定しかけた継深は、すぐに冗談めかして彼女の頭を撫でた。それはきっと、兄と妹のように。男と女にならずにすむように。

「でも、約束したよね。ほかの誰かに頼んだりしたらいけないって。俺があーちゃんに協力するから、絶対にあーちゃんが幸せになれるよう、がんばるから。心配しないでいいよ」

彼の優しさが胸に痛くて、顔をあげることもできなかった。

何か言えば、きっと嘘が露見する。

きっと明日香はごめんなさいと言ってしまう。嘘をついてごめんなさい。苦しませてごめんなさい。好きになってごめんなさい。

だが、謝ったところでこの気持ちを消すことなどできそうにない。どうしても、彼がほしい。

——こんな方法でつぐ兄を手に入れたとして、それがいっそうつぐ兄を傷つけるんだとしても、わたしはあなただけがほしいって思ってる。

最初に間違えた解答欄は、本人が直そうと思わないかぎり進むほどにズレていく。今も、互いに間違った努力をして、ほんとうの気持ちをどんどん口に出せなくなっているのに、明日香はまだあきらめられない。

——あの子がほしい

——あの子じゃわからん

きっと、相談をするのは大事なことで。

思っているだけでは伝わらない思いを、選びとるための分岐点になっていたのだろう。

——それでも、謝らない。謝れない。だってわたしはつぐ兄に抱かれたいから。

明日香は息を吸うと、ぎゅっと継深の体に抱きついた。

「えっ、あーちゃん……?」

「……責任もって、わたしがつぐ兄をあっためるね」

本末転倒の気はするけれど、こんなに冷えた継深を放っておくなどできそうにない。

それともいっそ、彼を好きだと言ってみるべきだろうか。嘘を謝罪し、行動原理にある愛情を説明すれば、今度こそ継深は告白として明日香の思いを受け止めてくれるかもしれない。そう思ったとき――。

『あぁあああァン、あっあっ、あぁッ、ダメ、イクイク、イッちゃうぅ～ッッ! イッ……クぅぅうううぅ、あぁあぁああ――……!』

見事なサカリっぷりで、テレビのなかの女優が果てた。それはまさに、盛大としか表現できないほどの声だった。

なんとなく気まずい空気に、明日香はさてどうしようかと継深に抱きついたままで考える。

このチャンネルをつけたのは明日香で、これを見て一緒に云々なんて考えていたのも明日香で、そもそも継深と契ってしまえばなんとか成るなぞ決めつけたのも明日香だ。今になって罪悪感に苛まれても、収拾のつけかたがわからない。

「……こういうのと、違うんだ」

ぽつりと小さく彼がつぶやく声が聞こえてくる。

AV《こういうの》と違う。

ならばそれは、どういうものなのだろう。

「もちろん人間は業の深いもので、快楽にはめっぽう弱い。ただ、こんなふうに誇張したものとほんとうの快楽は違うから、あーちゃんは心配しないでいいんだよ」

――なるほど、そういうことね。

彼の胸に頬を寄せ、明日香は「うん」と答えた。

別段、作り物を現実と勘違いしているわけでもないのだが、継深の優しさが胸に沁みたから余計なことは言わずにおく。

不意に腹部に何か硬いものが当たっていることに気づき、明日香は首を傾げた。まだ少し冷たい彼の体の、腰の中心でソレはかすかに熱を発する。

「！　つぐ兄、あの……っ」

具体的にソレが何を意味するか察し、彼女はがばっと顔を上げた。

「え、どうしたの、あーちゃん」

濡れた髪がやけに艶めいて、平静を装う継深の表情の下に隠された欲望をきらめかせる。

普段ならばきっと気づかなかった。今だって、抱きついていなければ気づきようがなかった。

――でも、気づけた。こんな千載一遇のチャンス、みすみす逃したりするものですか！

勃《た》ってるの？　なんて尋ねたら、間違いなくアウトだ。こういうときは、黙ってコトに及ぶべし。

明日香は静かに体を離すと、はにかみながら口を開く。

「わたしもシャワー浴びてくる。せっかくつぐ兄が時間を作ってくれたんだもの」

時間だけではなく、やる気を見せてくれたのだから、無駄になどしてたまるものか。

本来ならば、タイミングを逃さずに今すぐベッドへ押し倒してしまいたいところだが、さすがの明日香でも体を清めておきたかった。もしかしたら今夜こそ、継深と結ばれるかもしれないと思うと、少しでも磨きをかけておきたくなる。

彼女が継深の横をすり抜けてバスルームへ向かおうとすると、くいっと腕をつかまれた。

「……たい」

「え？」

口のなかでぼそりと継深が何かを言ったのはわかったけれど、言葉の内容まで聞き取れず、明日香は足をとめる。

「そのワンピース、俺が脱がしたいんだ。あーちゃん、すごくかわいいし、その……」

目尻をほんのりと赤くして、彼はまっすぐに明日香を見つめていた。

言いよどむ口調とは裏腹に、逃げることを知らない誠実な瞳が愛しくなる。こういう人だから、好きになった。胸を張ってそう言える。

「脱がしたいって、あ、あの……」

赤面は伝染する。

いつだって計算してばかりの明日香が、つい言葉に詰まるほど、心臓が早鐘を打っていた。

「シャワーを浴びて、もう一度着てほしいってこと……?」

「そうじゃなくて、シャワー浴びるなら俺が脱がしていいかな」

いざというとき、肝が据わっているのは自分のほうだと信じていたのだが、やはり継深は男性かつ経験者さらに年長者だ。衣服を脱がす点において、前回も彼はやたらスムーズだった。

「男が服を買ってあげるのはね、脱がしたいって想いが多少なりともあるからなんだよ」

いったんは離れた体が、彼の手で引き寄せられて腕のなかにすっぽりと包み込まれる。

「感じられるようになりたいって、あーちゃん言ってたでしょう? たぶんそれって、体だけの問題じゃないいんだ。リラックスして、心もほぐして、全部俺に預けて……」

「うん……」

自分から仕掛けているときは余裕がある。

裏を返せば、相手から行動を起こされるとたんに弱くなる自分を知っているから、無意識のうちに明日香は先手を打つ方法ばかりを選んでいた。

けれど、心のどこかでこんなふうに継深に求められたかったのかもしれない。好きな人に女性として扱われたい。だから嘘をついてでも、彼を搦め捕りたいと願った。

「髪の毛、ほどいちゃったんだね。お姫さまみたいでかわいかったのに……。あ、違うよ。

あーちゃんはいつもかわいいけど、今夜はいつもよりもっとかわいかったって意味、ね」

彼の手が、ゆっくりと頭から毛先まで明日香の長い髪を撫でていく。その指先は優しくて、継深の心が込められているように感じる。

「だってせっかくつぐ兄がかわいいワンピースを買ってくれたから、似合うわたしになりたかったの」

素直な人といると、本心を言葉にしやすい。赤面もあくびも伝染する世界にいて、明日香はついらしくもない素直な返事をした。

「うん、似合う。俺は女の子の洋服とか詳しくないけど、あーちゃんは誰より女の子らしいって思うから」

背中のファスナーが小さな音を立てて、彼の指で下ろされていく。

それはただの衣服でしかないと知っていて、それなのにまるで心の入り口を開かれるような気がしてくるのも、きっと彼の魅力のせいだ。

「前も思ったんだけど、あーちゃんはすごくきれいだね。肌が気持ちよくて、ずっとさわっていたくなる……」

無防備な背に、手のひらが優しく押し当てられた。まだ彼の手は熱を取り戻していないのに、彼の心のぬくもりがじんわりと体中に広がっていく。

「ん……っ……」

「くすぐったい？」

「平気、たぶん」

答えてから、しまったと思うがもう遅い。不感症のふりをするうえで、くすぐったいということにしておけば、おかしな声を出しても怪しまれずに済むところだったというのに。

　──どうしよう。いつもどおりでいられない。なんだか心がふわふわして、自分が自分じゃなくなっていく。

　ワンピースの布地が肩口から胸元へたゆみ、空気に触れる肌はひどく敏感になる。穏やかに背を撫ぜるばかりの継深の手が、もどかしく思えるのはそのせいだろう。

「……かわいい」

　頭のてっぺんにキスされると、膝が震えそうになった。頬を寄せた冷たい肌が、次第に熱を帯びてくる。彼も興奮しているのは明白だ。

「まだ脱がしたくないって言ったら、ダメかな？」

「え……？　あっ、きゃあッ、つぐ兄!?」

　質問の意図をはかりかね、聞き返した彼女の体がふわりと宙に浮く。当然、空中浮遊のスキルを身につけたのではなく、継深が抱き上げた結果である。

「シャワー、浴びないとダメ？」

　黒い瞳がかすかな慾望の光を宿して揺らぐ。

　禁欲的な彼の、かすれた声。

　しゃべるたびに赤い舌がちらりと見え、それが明日香の心を煽る。

「このままのあーちゃんに触れたい」

どくん、と胸の内側で心臓が跳ねた。

肋骨にぶつかるのではないかと心配になるほど激しい鼓動に、明日香はぎゅっと彼の体にしがみつく。

「……お願いをふたつ、聞いてくれる？」

主導権を取り戻す気はない。ただ、前回のような終わりでは困る。明日香はつとめていつもどおりの声で、静かに尋ねた。

「お姫さま、なんなりとお申し付けください」

明日香を抱いた継深が、その場でくるりと一回転する。ワンピースの裾がやわらかに膨
らんで、太腿をくすぐった。

冗談めかした言い方が、じつは彼の照れ隠しなのではと思えてくるのが不思議だ。緊張
をほぐす継深の声は、甘く心に響く。

「ふふっ、ではまずテレビを消してくださいます？」

便乗してそう答えると、今なお激しい嬌声がぷつりと途絶えた。

「それから……あとで一緒に、あったかいシャワー、浴びてね？」

「えっ、い、一緒に!?」

「そう。姫のお願いですもの、聞いてくださいますわよね？」

彼の首に両腕をまわす。ぎゅうっと抱きつくと、体だけではなく心が近づく気がして。

「えーと……電気消していいなら」

相変わらず男女が逆転した会話に思えるが、これで約束は成立だ。

継深もそれを感じ取っているのか、ゆっくりとベッドへ近づき、明日香の体を下ろした。

あらわになった背にシーツが冷たい。一瞬体を固くした明日香を見下ろし、彼はやわらかな笑みを浮かべる。

「こうしていると、ますますお姫さまみたいだね」

白いシーツに広がった黒髪と、レースたっぷりのワンピース。本物のお姫さまなんて知らないけれど、彼がそう言うならきっと今だけは継深のお姫さまでいられる。

「だったらつぐ兄が王子さま？」

「残念だけど、俺は王子の侍従くらいの役割だよ。ほんとうならば、お姫さまに触れることも許されない」

ベッドに手をついて、彼が明日香の上に移動する。体重はかけず、世界から彼女だけを隔離して守ろうとするような、優しい檻を作る継深の表情はわずかに寂しさが見え隠れしていた。

——どうしてそんな顔をするの？　わたしの王子さまは、いつだってつぐ兄じゃなきゃイヤなのに。

「本物の王子さまは、あーちゃんが心から好きになる相手だからね」

「……それは……」

「いいよ、言わなくて。だから、何も言わないで、ちゃんと感じられるようになるまでは俺だけのお姫さまでいて」

首すじに唇が押し当てられる。

やわらかくて、あたたかくて、しっとりとした恋しい人の唇に、真実を告げられないまま、明日香はのどを反らした。

「脱がしてあげないとシワになっちゃうんだけど、これを着てるあーちゃんがかわいくて悩ましいな」

布地の上から腰を撫で、継深の手が明日香の輪郭を確かめる。おろしたての白のガーターベルトは総レース仕様で、なんだか最初からこうなることを見越して着けてきたように思われそうだ。

——実際、つぐ兄にかわいいと思ってほしくて着けてきたんだけど。

二段レースの、明日香にしてはめずらしいかわいいアイテムは、店頭で一目惚れしたものの、着用する機会などそうそうなかった。

もとよりガーターベルトを着けて外出するのも初めてなので、なんとなしに腿のあたりが落ち着かない。腰から腿へと移った継深の手が、いっそう明日香の心を煽る。

「ストッキング、脱がしてもいい？」

得も言われぬタイミングで、彼が尋ねてくる。

まさに今、たった今、明日香はストッキング（というかガーターベルト！）を継深に見せたいなんて考えていたわけで。

「うん、お願い」

おずおずと右膝を立て、脱がせやすいように体をずらす。明日香の動きに合わせるように、継深がベッドの上に膝立ちになった。

右膝を高くしたことにより、ワンピースのスカートが腿の付け根までめくれる。そうすると、レースのガーターベルトが彼にも見えるはずだ。

「……なんか、かわいすぎてやっぱり脱がせられないかも」

「え……？」

戸惑うそぶりで疑問形の返事をしたものの、彼の反応に心が躍る。我ながら、このガーターベルトを着けてきたのは大成功だった。

「これって、下着だけ脱げるようになってるの？」

「うん。そうじゃないと困るから」

お手洗いに行くたびに、ガーターの着脱をするわけにはいかない。ガーターベルトは下着を穿く前に身につけるものだ。

「じゃあ、下着だけ」

「！　あ、あの……っ」

わかっている。そのために尋ねたのだと、そのくらい明日香にも想像はできていた。

ただし、こんなに簡単にもっとも重要な部分を裸にされるとは考えていなかったのだ。

セックスには手順があって、普段からマジメで誠実な継深ならば順繰りに進んでいく——そう思い込んでいた。

レースの映える白い臀部がむき出しになる。彼の手で、明日香が身につけていた下着がするりと引きぬかれた。

「〜〜〜っっ」

さすがにソコを丸出しにして、足を開いてなどいられない。さしもの明日香も足を閉じ、めくれ上がっていたスカートを両手で押さえこむ。

「つぐ兄ったら、そ、そんなところから脱がすなんて、やらしい！」

「言ったでしょ？　このワンピかわいいから、脱がしたくないって。それにストッキング……というかガーターベルトも、よく似合っているからこのままがいいんだ」

いつもなら、明日香が恥じらっていたらすぐに引いてくれそうな継深が、今回ばかりはやけに押しが強い。

「でもこんな……、え？　きゃあっ!?」

左右の足首をつかまれたと思った次の瞬間には、先刻ひとりで確認したカエルのポーズに限りなく近い状態へと足を開かれる。

「つっ……つぐ兄！」

「なんか、いいよね。あーちゃんってそんなふうに恥ずかしがるんだ。知らなかった」

真っ赤になって彼を押しとどめようとする明日香を、継深は目を細めて見つめていた。

幸せそうなのに、どこか寂しそうに見えるのは何が理由だというのだろう。

「俺が選んだワンピースを着ていても、なかに着けてる下着は知らないし、あーちゃんの心に誰がいるのかも俺はわからないんだ。ずっと見てきたはずなのに、俺の知らないあーちゃんのほうがもう多くなってるんだね」

羞恥に涙ぐみそうになっていた明日香は、思いもよらない言葉に目を瞠った。

——つぐ兄……？　どういう意味なの？

十年来のつきあいとはいえ、明日香だって継深の愛用している下着なんて知らない。それは当たり前のことだと思っていた。いや、思うまでもなく当然なのだ。

「もっと教えて。大人になったあーちゃんのこと」

「っ……！」

内腿の間に彼が顔を埋める。

吐息が秘められた部分に触れ、明日香はびくりと腰を揺らす。

「今だけは、俺が知ってもいいんでしょう……？」

返事をする間もなく、まだぴっちりと閉じた合わせ目に軽くキスされ、何も考えられなくなってしまう。

「あ……っ、つぐ兄、待っ……」

「怖いことなんてしないよ。あーちゃんを傷つけるなんて、俺にはできない。ただ、気持ちよくなってほしいだけ。だけど——感じられるようになったら、あーちゃんは俺から離れていっちゃうんだね」

――その言い方じゃ、まるでつぐ兄がわたしにそばにいてほしいみたいじゃない？　え、ウソ、期待させて落とすパターン？　でも、ああ、だけど……！

ぎりぎりの崖っぷちに踏みとどまっていた思考が、次の一手で真っ逆さまに落下する。

彼の手が柔肉を押し広げ、媚唇にねっとりとあたたかなものが絡みついた。

「っっ……、ん、ふ……っ」

声を抑えなくてはいけない、なんてことすら忘れ、明日香はびくびくと体を震わせる。

甘く濡れた蜜口に、継深が舌を這わせているのだ。

「こら、そんなに足を閉じようとしたらキスできなくなるよ。あーちゃん、いい子だから力抜いて。手、握ってるから」

右手が彼の左手に包まれる。とうに継深の体は体温を取り戻し、その手はあたたかい。

「ほかの男に愛されるために、俺がいっぱい感じさせてあげる。あーちゃんが幸せになれるなら、それがいちばんいい。心配いらないよ。あーちゃんはたぶん不感症じゃないから、きっと緊張のせいでうまく感じられなかったとか、そういうことだと思う」

左手だけで媚肉を左右に割った継深は、話の合間に舌先で亀裂を舐め上げ、あふれる蜜を全体にまぶしていく。

「ちが……っ、あ、違うの、わたし……っ」

――つぐ兄に愛されたくて、ウソをついただけなの。

その言葉が声にならない。

唇はわななくばかりで、せつない吐息と意味をなさない嬌声ばかりがこぼれてる。のどが焼けるように熱かった。

「違わない。ほら、今だってこんなに濡れてきてる。それにここも……」

心の綴じ目をほぐすように、ゆっくりと亀裂を這い上がってきた舌が、つぶらな突起に引っかかる。

「……っ……あ、やぁっ……」

花芽を舌先が弾くと、信じられないほど甘い声が出た。

たった一度触れられただけで、膨らんだ花芽がひくひくと次の刺激を待ちわびる。すでに隘路《あいろ》は濡れに濡れ、最奥がきゅうっと窄まってはせつない痛みを訴えている。

体が、彼をほしがる。

心が、彼をほしがる。

同じ強さで引っ張られる綱引きに似て、前にも後ろにも動けない。ただ、継深がほしかった。彼に愛されたいと願っていた。それだけだった。

「もっといろいろ教えてあげたいんだけど、あんまりあーちゃんの声を聞いてると、俺が我慢できなくなっちゃうから。ちゃんと、イッてね。一度覚えれば、次からはラクにイケると思う」

「や、つぐ兄、おねが……、待……っ！」

誠実で、誰よりも清らかで、いつだって自分の気持ちよりも相手の気持ちを優先する継深。

その彼が、明日香の懇願を無視して濡れた蜜口にむしゃぶりつく。

「あぁ……っ！　ん、んん……っ」

ぴちゃぴちゃと音を立て、唇と舌を使って何もかもを舐めとる動きは、明日香のまっさらな体をすぐに支配した。

舌先がぷっくりと膨らんだ花芽を舐《ねぶ》ると、やるせないほどに腰が跳ねる。彼の唇から逃げようと思うのに、舐められるほどにその動きに合わせてはしたなく腰が揺れる。

——ダメ、感じちゃダメなの！　このままイッたら、きっとつぐ兄は……。

まだ二回目だというのに、彼は終わりにしようとしているのだ。快楽でぐちゃぐちゃになりそうな明日香の頭でも、それくらいはわかる。

「んん……っ、待って、そんなに……あ、あぁ……っ」

大事なのは甘く淫らな行為ではなく、彼に女性として見てもらうことだった。

どこで道を間違えた？

考えようにも、明日香の肌は赤く上気し、腰はひっきりなしに揺らいで、彼の与える快楽に追いすがる。とてもではないが、まともな思考などできようはずがない。

「そんなかわいい声を聞かせておいて、待てだなんてあんまりだよ。あーちゃん、俺は聖人君子じゃない。ただの男だから……」

それまで割れ目を押し開いていた左手が、ぐっしょりと濡れてひくつく蜜口を撫でさする。何かを求めるように小さな口を開閉させるそこに、彼の指が――。

「痛っ……！」

つぷり、と体の内側に挿《さ》し入れられたのは中指と薬指。

決して奥まで突かれたわけではない。ほんの少し、おそらく第一関節までも届かない程度の浅瀬を撫でられただけなのだろうが、何も受け入れたことのない淫路は痛みに激しく収斂した。

「……え……？　あーちゃん……？」

驚きのせいか、継深は指を抜くことも忘れて明日香を見つめている。その瞳に、まさか、そんなバカな、と言いたげな光を見つけて、明日香は涙目で唇を噛んだ。

「ち、違うの。そうじゃないの」

何を否定しているのか、彼女にもとっくにわからなくなっている。

ほかの男に抱かれるために、継深を利用しているわけではない。

痛がったのは処女だからなんかじゃない。

そのどちらも虚実が入り乱れ、何から告げればいいのか判断できないのだ。

――つぐ兄に抱かれたかった。ほかの人なんて考えたこともない。だけどまっすぐに告白しても伝わらないなら、体で誘惑するしか方法が見つからなくて、処女なのを隠して既成事実を作り上げようとしていただけ……。

「ごめん……っ」

せつなく疼く隘路から、彼の指が抜き取られる。

まだ熱がおさまらないのに、継深はワンピースの裾を下ろして彼女の下腹部を隠した。

それだけでわかる。きっと彼は気づいてしまった。明日香が初めてだということに。

——そうなったら、きっともう続きはしてくれない。だってつぐ兄は、わたしのことをただの妹だと思ってるんだもの。

ほかの男に抱かれるための準備を手伝うのが寂しそうだったのは、結局のところ兄代わりとしての感情だったのだ。だとしたら、明日香が処女と知ってあんなに驚くのも当然のことだろう。

——早く謝らなくちゃ。ううん、違う。ごまかせばいいの？　それとも笑って、「いつまでも経験がないのが恥ずかしかったから」とでも言えばいい？

「どうしてこんな……。いや、違う。責めてるんじゃなくて……」

ベッドから起き上がった継深が、明日香に背を向けて所在なさげに髪をかき上げた。

何か言わなくては。

気の利いた言葉で、彼の気持ちを落ち着けるための何かを。

せめて、明日からも笑いかけてもらえるような言い訳を——……。

「……好きなの」

けれど、明日香の唇はもう嘘をつけなくなっていた。

十年間、ただ想うばかりだった心が悲鳴をあげ、これでおしまいとばかりに背を向ける彼に追いすがる。

「つぐ兄のこと、ずっとずっと好きだった。ただの妹だと思われてるのも知ってたけど、そうじゃなくてつぐ兄の恋人になりたかったの。ほかの人じゃイヤ。つぐ兄じゃないとイヤ。ウソついてでも、つぐ兄に全部もらってほしかったの」

気づけば、頬を涙が伝っていた。

こんな無様で滑稽な告白があったものか。ラブホテルのベッドの上にひとり残され、服も乱れたままでぐしゃぐしゃに泣きぬれて、バカみたいに好きばかり連呼している。

子ども扱いされるのも仕方がないな、と今ならわかるのが悔しい。こんな告白しかできないで、何が大人だ。何が女子大生だ。何が二十歳だ。

「好きで、ほかにどうしていいかわかんなかっ……」

「もういいよ、あーちゃん」

彼は感情を殺した声で、静かにそう言った。

第三章　恋の成就はゴールではない!!

ゆらゆらと水槽のなかで泳ぐ熱帯魚の影が、継深の背中をうつろう。

――どうして何も言ってくれないの？　もういいって、どういうことなの……？

しゃくりあげそうになるのをかろうじてこらえ、明日香はベッドの上に起き上がった。

彼女に背を向けた継深は、黙してソファに沈み込む。彼の表情は前髪で隠れて見えない。

「つ、つぐ兄、あの……」

ワンピースの裾をぎゅっと握りしめ、明日香が消えそうな声で呼びかける。けれど彼は顔を伏せたまま、苦しげなため息をひとつ。

「……服、直して。ごめんね、俺が乱したのに」

レースたっぷりの下着がベッドの端にぽつんとむなしく放置されているのがひどく悲しく思えてくる。

継深に見てもらうために。

継深にかわいいと思ってもらうために。

継深に欲情してもらうためだけに、準備した自分という存在。

そのすべてが、今拒絶されているのだ。

明日香はのろのろと手を伸ばし、下着を手にすると奥歯を噛みしめた。

彼は告白に対して何も言ってくれないままだ。断るにしても、こんなふうに寂しくさせるなんてあんまりではないか。

いつだって優しくて誠実で、誰よりも尊敬してきた継深に突き放されると、明日香は九月の雨に濡れて泣いた十歳の自分に戻ってしまう気がする。

泣いて、泣いて、泣きじゃくって――。

そうしたら、彼は慰めてくれるかもしれない。頭を撫でて、あたたかいココアを差し出してくれるかもしれない。

――だけど、わたしのほしい手はお兄ちゃんとしてのつぐ兄の手じゃないの。わたしだけを愛してくれるつぐ兄がほしい。

「いくつか尋ねたいことがあるんだけど、いいかな」

「……はい」

彼の問いかけに、明日香はしおらしく返事をする。

幼なじみという関係を壊したのは、完全に明日香の責任だと自覚があるからには、嘘をついたことを責められるのも当然だと思う。

もう、好きな人に嘘をつくのはやめるべきだ。わかっているのに、どうにかして取り繕う方法ばかり考えてしまう自分がイヤになる。

「不感症っていうのは嘘なんだよね？」

最初の切っ先が明日香の心をかすめ、恥ずかしさに上掛けを頭からかぶりたくなったが、逃げ出しても隠れても現状は変わらない。

細く息を吸って、ごくりとつばを呑む。

「嘘です」

なにしろ経験がないのだから、不感症かどうかの判断もできなかった。そう、一度目のレッスンの前ならば「わからなかった」と言うこともできたはずだ。

――今は違う。つぐ兄に触れられると、自分の体がどんなふうに反応するのか、わたしはわかってしまったんだもの。

「どうしてそんな嘘を……」

両手で頭をかかえ、継深が言葉の続きをぐっと嚙み殺した。

「ごめんなさい。どうしてもつぐ兄に、妹じゃないって思ってほしかった。好きって言って、簡単に俺もだよって微笑まれるのはもうイヤだったの。ひとりの女性として、見てほしくて……」

「違う！」

強く否定され、明日香の肩がびくりと震える。

拒絶と否定の連続に、心が折れそうだった。それが自分のしてきたことの報いなのだとも思った。

——まっすぐに好きの気持ちをぶつけないで、ずるい方法ばかり選んできたのだから仕方ない。わかっているけど、やっぱりつらいな。

落ち着いたと思っていたけれど、また涙が浮かんでくる。すん、と鼻をすすると、継深が顔を上げた。

「あ……、いや、違うんだ。ごめん、泣かないで。俺は……あーちゃんに嘘をつかせた自分が不甲斐ないんだよ」

「で、でも、それはわたしが悪いから、勝手に嘘をついて、自分の気持ちを明かさないままでつぐ兄に……」

まだかすかに湿る黒髪を揺らし、彼は首を横に振る。

「そうじゃないよ。いや、もしあーちゃんがそう思っていても、俺にとっては違うんだ。俺はね、家族以外であーちゃんよりも大事な人なんていない。誰よりも大事で、誰よりも愛おしく思ってきた。だから、あーちゃんを苦しめて、嘘までつかせた自分が情けない」

他人の罪まで引き受けようとする、彼はそういう人だ。

——もう、いいかな。つぐ兄を苦しめるくらいなら、わたしの気持ちはここで終わりでいいんじゃないかな。忘れるなんてきっとできないけど、誰よりも大事だって思ってもらえただけで……。

頬を伝う涙は塩辛く、恋は決して甘いだけのものではないことを明日香に教えている。

算段や策略でどうにかなるほど、恋愛は単純なものではなかった。カラダでつなぎとめるだなんて、熟練の女豹でもない明日香には初手から無理難題でしかなかったのだ。

心から謝罪したうえで、ただの幼なじみに戻りたいと言うのはまだ間に合うだろうか。

彼という存在を完全に失うのだけは、どうしても耐えられそうにない。

「つぐ兄、わたし……」

「好きだ」

ふたりの声は、どちらも泣き出しそうなほどせつなくて。

けれど、どちらもそのせつなさは同じ理由に思えてくる、重なる声の魔法。

「……え……？」

何かの聞き間違いだろう。そうでなければ、彼があんなことを言うはずがない。

「俺だって、あーちゃんのことが好きだよ。ずっと、ずっと愛おしいと思ってきたんだ。だから妹だって言い聞かせて、いつまでも小さな子ども扱いして、そうでもしないと抱きしめたくなる自分をおさえられないくらい、きみのことが好きだった」

耳を疑う言葉の数々に、明日香は目を見開き、口をぽかんと開けて完全に硬直していた。

それもそうだろう。

ずっと自分の片思いだと思ってきた。いや、思うだけではなく、告白しても相手にしてもらえず、妹扱いを受けてきたのだ。

──え、なにこれ、都合のいい夢でも見てるの？

現実味がなさすぎて、頬をつねる気にもなりはしない。

「だからこそ、俺のことを兄と呼ぶあーちゃんに、男としての愛情なんて押しつけちゃいけないと思って自制してきたんだ。だけど……ねえ、本気で俺を好きだって言ってくれてるの？　それは、ちゃんと恋愛感情だと思っていいんだよね？」

「恋愛感情以外のなにものでもないっ！」

十年分の片思いが凝り固まったカタマリを、声と一緒に吐き出した。我ながら、らしくない焦った物言いだと思う。だが、悠長にかまえている余裕などとうになくなっている。

「わたしは初めて会ったときから、ずっとつぐ兄が大好きだったの。つぐ兄しか見えてなかったし、つぐ兄しか好きになれなかった。わたしにとってつぐ兄だけが、世界で唯一の好きな人なんだから！」

言いながら、ぽろぽろと涙がしたたるのを感じた。

好きで好きで、どうしようもないくらいに好きで、自分でもどうしてこんなに好きなのかわからなくなるほど、彼が好き。

ただのインプリンティングだと言われようとかまわない。ほかの誰かに目を向ける気など毛頭ない。ひたすらに、こじらせきった初恋を抱きしめて生きてきた。

「……そんなに泣いたら、かわいいメイクも台無しだよ」

ティッシュペーパーを手にした継深が、いつの間にかベッドの脇まで来ている。彼は優しい手つきで明日香の涙を拭うと、優しく、だけどどこか困ったように微笑んだ。

「ずっと好きでいてくれてありがとう」

「……っっ」

もう言葉は必要ない。

明日香は両腕を伸ばして継深の体に抱きついた。彼の腕が戸惑いがちに、そして次第に強く強く抱きしめかえしてくる。

――阿弥陀如来さま、もしこれが夢だというのならわたしは二度と目覚めたくないです。だから、この現実をわたしにください！

ぬくもりを感じながら、肩を震わせていると顔に当たるバスローブがぐっしょりと濡れる。

ああ、こんなに泣けるほど、彼のことを好きだったのだ、と今さらながら実感し、また恋の成就に涙がこぼれた。

「顔、上げてくれる？」

吐息混じりの甘い声に誘われ、明日香はうぅ、と小さくうなる。

「……どうしよう。きっと今、わたしひどい顔をしているわ。つぐ兄に見せられそうにない……」

メイクは崩れているだろうし、泣きすぎてまぶたが腫れているに違いない。

百年の恋も冷める可能性を考慮せずとも、恋する乙女が好きな相手に見せられる顔ではないのだ。

「でも、顔を上げてくれないとキスができないよ」

「つ……っ、つぐ兄、急に積極的になってない⁉」

そして明日香は化けの皮がはがれているのだが。

「だって、不感症治療のお手伝いじゃ、キスはできなかったでしょ？　あーちゃんにキスしたいんだ。ほんとうに、俺の恋人になってくれたって実感したいから。……ダメ、かな？」

選択肢は最初からひとつしかなかったらしい。

眉根を寄せつつ、明日香はおそるおそる顔を上げた。バスローブには涙とマスカラとファンデと口紅のシミができている。つまりそれだけ、メイクが落ちている。

「……顔、洗ってからでもいい？」

上目遣いで尋ねると、継深がふんわりと頭を撫でてきた。

――うん、きっとつぐ兄ならダメなんて言わ……。

思考すら最後までたどり着く前に、彼女の唇は甘く塞がれる。

「…………っ、ん……！」

押し当てられた唇が、まだ足りないとばかりに下唇を食む。それだけで心臓が破裂するかと思った。

――ウソ！　どうして？　こんなつぐ兄、知らない……！

「好き、大好きだよ、あーちゃん……」

角度を変えては唇を幾度も重ね、継深がキスを深めていく。

甘く濡れた舌が口腔をまさぐる感触に、明日香はこらえきれず声を漏らした。

「ぁ……っ、んん……」

先ほどまでテレビから聞こえてきていた喘ぎ声とは違う、魂や心から搾り出されるようなせつなくて恥ずかしくて、けれどひどく淫靡な声音に、自分が信じられない。

——キスだけでこんな声が出るだなんて、わたしの体って不感症どころかものすごく感じやすい⁉

あるいは継深のキスが超絶技巧という可能性もあるが、していることはただひたすらに唇を重ね、互いの舌を絡ませあうだけ。そもそも初心者の明日香にキスのテクニックについての知識などあるはずもなかった。

「かわいすぎて、おかしくなりそう……」

唇が離れると、継深が目尻を赤く染めて恥ずかしそうに吐息をこぼす。

「ハイ、じゃあ顔を洗ってシャワー浴びておいで。このままここにいたら、ほんとうに襲われちゃうよ？」

——それでもいいんですけど！

なんて言えるわけもなく、明日香はこくんと頷いた。

いつもの余裕ぶった態度も、何事にも動じない演技も、まったくこんなときにかぎって発動しない。

嘘をついたままで彼に抱かれようとしていたなんて、今となっては遠い夢のような話だ。キスひとつで、これほどまでに心が蕩けてしまうというのに、いったいどうやって彼に抱かれようとしていたものやら。

「……あ、でも、もう一回」

ちゅっと音を立てて、軽いキスをひとつ。

継深は名残惜しそうに体を離した。


洗面台の鏡で自分の顔を見た瞬間、明日香はまたしてもこらえきれないうなり声を漏らす。

ウォータープルーフ仕様のマスカラは無残に涙袋を黒く染め、アイシャドウも口紅もすっかり落ち、ファンデにいたっては涙がこぼれた部分がはがれてムラになっている。

――でも、口紅が落ちたのはもしかしてつぐ兄のキスのせいなんじゃ……？

思い出すとまたしても頬が熱くなる。

おかしな話だが、明日香は自分がこんなふうに簡単に赤面したり、感情を制御できなくなるだなんて思ってもいなかった。

いつも心のどこかが冷めていて、他者の目を意識した行動ばかりとってきたせいだろうか。どんなに継深を想っていても、夢中になる自分を一歩後ろから眺めているような気さえしていた。

「だけど、ぜんぜんそうじゃなかった」

いまだ手に握りしめていた下着を、そっと床に落とす。

「ぜんぜん、そんなんじゃなかったんだ」

メイクくずれのひどい鏡の向こうの自分に向かって、彼女は頷いてみた。

想いが通じあって、不安がすべて解消されたかといえばそうでもない。人はいつでも不安の種を見つけ出すことができる。もちろん明日香もそうだ。

——でもとりあえず、化粧を落とす！

備え付けのメイク落としジェルで丁寧に目元を洗いながら、彼女はシャワーを浴びるか否かを真剣に悩んでいる。

なにせ、明日香を抱きしめてキスを繰り返していた継深の下腹部には情熱が滾っていた。ロマンティックなキスの最中にもそんなことに意識が向いてしまうあたり、明日香はやっぱり明日香でしかない。

——マジメなつぐ兄のことだから、時間をおいたらきっと「今日は抱きしめあって眠ろう」とか言い出しちゃうし。そうなる前に、つぐ兄のアレが元気なうちに、言い訳できないくらいフルパワーなうちに、続きに持ち込むべきなんじゃないの⁉

だが、初体験の前にシャワーくらい浴びたいというのも処女心理である。

実った恋を急ぐ必要などどこにもないのだが、十年もの間振り向いてもらえなかった身としては、この恋をより確定的なものにしたいと思うのをとめられない。

洗い終えた顔をぬるま湯で流し、タオルで水分を拭き取ると鏡に映る明日香はもう一度
自分に向かって頷いた。

「え、ちょ、あ、あーちゃん……!?」

顔を洗って戻った明日香は、サア契《ヤ》リマセウとばかりに、ベッドに座っていた継深に抱きつく。

ありがたいことに、彼の煩悩の昂ぶりはいまだ硬度を保っていた。

「つぐ兄、大好き」

「俺も大好きだけど！　その、こういう場所でふたりきりで、しかもこんな密着していたら、手を出さない自信がないんです！」

——手を出していただかないと困るんです！

心の声を間違って口に出さないよう、明日香はきゅっとのどに力を込める。

いくら両思いになったからといって、いきなり「ヤっちゃってください♡」なんてわけにはいかないのが人の道。いや、夏見明日香という生き方だ。

「わたし、つぐ兄にだったら……」

語尾をあえてぼかすのは、想像してもらいたいから。

少しだけ体を離し、明日香は継深をじっと見つめる。今なら自分からキスしてもだいじ

ょうぶだろうか。そんなことを考えていると、思いがけなく継深のほうから顔を近づけてきた。

「……初めてなんだよね？　だったら今夜は抱き合って眠るだけで俺はじゅうぶんだよ」

予想どおりの発言に、かすかな落胆と、ほぼ同量の安堵が混ざる。

継深ならば快楽よりも心のつながりを大切にするだろうことは明日香でもわかっていた。

当然、明日香とて体だけではなく心でつながりたい。だが、その先に彼を独占したいと願う本心がある。セックスで相手のすべてを縛れるはずがないことを知っていて、それでもなお安定を欲するのは、彼がどれだけ魅力的な男性か、明日香が熟知しているせいだ。

「あーちゃん……」

ちゅ、と軽く唇が触れる。

あえかな刺激にも腰が揺らいで、気づきたくなかったせつなさに彼女は愕然とした。

――違う、そうじゃない。つぐ兄を求めているのは、確固たるものがほしいとかそういうことじゃなくて、わたしが……。

下着は洗面所に置き去りにしたまま、明日香は内腿をすり合わせる。

奥深いところから漏れだした甘い蜜が、やわらかな媚肉を湿らせている。

――……わたしが、つぐ兄を感じたいからなんだ。

「舌、出してくれる？」

「ん……」

望まれるまま、明日香はおずおずと舌を出す。するとその先端を継深の舌先がかすめた。

「！　……っ、ん！」

びくっと震えた彼女の体を抱きしめて、継深は逃げそうになった明日香の舌を唇で挟み込む。

——や……、なに、これ。つぐ兄、こんなやらしいキスするなんて……！

誠実、純粋、清廉潔白。

明日香が『菅生継深』に対していだいていたどんなイメージとも違う、淫らでせつないキス。

窄めた唇で、彼は何度も明日香の舌を吸う。扱くように、しゃぶるように、繰り返される淫靡なくちづけが、さらに明日香の全身を感じさせていた。

こんなキスをしておいて、抱き合って眠ろうだなんてあんまりだ。

そう思った瞬間、彼の唇が離れた。

「……ほんとうは、レッスンなんてしたくなかった」

軽く首を横に曲げ、継深が唐突に言う。

たしかに彼が望んだことではなかったかもしれないが、イヤだったとまでは考えておらず、明日香は言葉を失った。

「ほかの誰かと幸せになるあーちゃんを想像するたび、悔しくて苦しくて、だけど困ってるあーちゃんを放っておくのもイヤで、俺があーちゃんの好きな相手になれたらいいのにって思ってたよ」

「つぐ兄……」

彼の言葉に胸がじんと熱くなる。

継深の部屋で初めて触れられた夜、彼はそんなことを考えていたのか。

「わたしが好きなのは、いつだってつぐ兄よ。告白だってしたのに、妹扱いしたのはつぐ兄のほうじゃない」

ちょっと拗ねた口調で言うと、彼は困ったように右手で髪をかいた。

「あれは……ほら、まだあーちゃんは子どもだったし、ね。手近な大人の男っていうだけで興味を持ってもらうのと違う、俺の気持ちはもっと本気の好きだったから、冗談にしておかないと痛い目見るのは俺のほうでしょう？」

「またそうやって子ども扱いする。わたしはずっとつぐ兄だけが好きだったのよ？ そばにいたから好きになったんじゃなくて、好きだからずっとそばにいられるように努力していたの」

「……そんなかわいいこと、言わないで。俺の理性、もう焼ききれそう」

髪をかいた手で、そのまま彼は顔を覆う。

耳の上部が赤くなっているのは隠しきれていない。

明日香はそっと顔を寄せると、彼の耳にかぷりと軽く歯を立てた。あまりにかわいらしくて、いじらしくて、年上とは思えないほど心の清い継深を食べてしまいたいくらいに愛おしいと思う。

「ちょ、あーちゃん!?」

「つぐ兄こそ、そんなかわいいこと言うと、わたしに襲われても知らないからっ」

処女が何を言うというものだが、ぎゅんぎゅんと締めつけられる胸がせつなくてたまらない。

「そういう冗談はシャレにならないよ。俺相手だからいいけど、ほかの男だったらきっと喜んで……」

「ほかの人のことなんか知らない。わたしにはつぐ兄だけだもの。だから素直に、襲って?」

どんな言葉で誘惑すればいいのか。

どんな仕草で女を感じさせられるのか。

どんな態度なら、彼の本能を刺激できるのか。

女友達から聞いたテクニックや、ファッション雑誌のセックス特集を総動員しても、きっと今、この瞬間には役立てられそうにない。

──世界でたったひとりの、菅生継深という人にだけ通用するマニュアルがあったらいいのに。

「あーちゃんって……それ、無意識？」

「え？　それって？」

「いつも穏やかで大人びてるのに、ここぞというときに俺を完全に煽るよね？　いわゆる小悪魔ちゃんって、あーちゃんみたいな子を言うのかな……」

継深がベッドに仰向けに寝転び、両腕を広げた。

――小悪魔!?　それって野々原さんに使うべき単語じゃないかしら。つぐ兄、小悪魔の意味、わかってないの？

「あっ、今、違うって思ったでしょ」

即座に指摘され、明日香は素直に首を縦に振る。

「じゃあやっぱり無意識かー。お願いだから、俺以外の男にはそんなかわいい顔見せないでね」

言いながら、継深が広げた両腕を軽く揺すって明日香を呼ぶ。その腕のなかに飛び込んでいいということなのだろう。

バスローブ姿の彼の上に、覆いかぶさるように身を倒す。細身に見えてしっかりした胸板が、明日香の体を受け止めた。

「今まで小悪魔なんて言われたことないわ。きっとつぐ兄の勘違いよ」

ふふっと笑うと、彼の鎖骨に鼻先を擦りつける。すべらかな肌、こんなふうにずっと触れてみたかった――。

「……本音を言えば、俺は今すぐあーちゃんを抱きたいです」

細い体を抱きしめて、継深が囁く。

明日香としても同じ気持ちなのだが、彼はそのあたりに気づいていなそうなところが二十六歳の天使たるゆえんだ。

「だけど、本気だからそんな簡単に手は出しちゃダメなんだ。つきあって別れて、いつかあーちゃんにさよならを言う関係になんかなりたくない。そういう意味で、本気だから」

「それ、って……」

出会いは別れの始まり。

七十億以上の人生が営まれる地球上で、恋が始まり終わるのはよもや珍しいことではあるまい。

さよならを言わない関係を欲していたのは明日香のほうだったはずが、彼が同じことを口にしたせいで意味を取り違えそうになる。だって、こんなに唐突に幸せが降りそそぐなんて、やはりどう考えても現実味が薄い気がして。

「そういう意味、です。なので今夜は手を出さないいし、あーちゃんがどんなにかわいく誘ってもダメです！」

「今夜『は』？　だったら、明日はいいの？」

「言ってるそばから誘わない！」

健全で純真で、煩悩に打ち克つ強い愛を捧げてくれる、いとしの僧侶。

明日香は肩をすくめて彼に寄り添う。

「わかりました。じゃあ、明後日くらいに誘ってみようかしら」

「〜〜〜っ、あーちゃん！　俺の理性を試すのはやめてください！」

この調子では、『つきあって三ヶ月経つまではダメ』と言い出しそうな勢いだ。いや、それくらいいならまだしも婚前交渉禁止令なぞ、出された日にはどうしよう。

──でもいいの。そういうことより、つぐ兄がわたしを好きでいてくれるのが嬉しい。これからは堂々と好きって言っていいんだ。

「つぐ兄、好き……」

「俺も大好きだよ、あ……明日香……ちゃん」

自分で呼びかけておきながら、彼が思い切り顔を隠したのは言うまでもない。

明日香の恋人は優雅な美貌と裏腹にとてもシャイな性格なのだから。


♪。+.o.+。♪。+.o.+。♪


さて──。

晴れて恋人となったからには、めくるめく溺愛期間が訪れるかとおもいきや、そうは問屋が卸さない。

まったくもって世の不条理には頭を痛める。

想いを確かめあったパーティの夜が明けて翌日、明日香を悩ませるのは継深の同僚のマルチーズ系女子、野々原魅音だった。

「麻美さん、まだ戻られないそうですね。魅音、お手伝いしにきちゃいました！　きゅんきゅん！」

夕飯の準備も終わり、あとは皆で食卓を囲むばかりという時刻に、小さな体に似合わぬ大きなボストンバッグを持って魅音はやってきた。

「え、いや、だいじょうぶだよ、野々原さん。家のことは夏見さんに手伝ってもらって、俺がなんとか……」

「そんなのダメですよう！　つぐみサン、事務所の仕事もちゃーんとしてもらわないとっ！　高峰さんも近藤さんも困ってましたよぉ？」

あのふたりが困っているのは事実だとしても、だからといって魅音に菅生家の家事手伝いをしてこいとは言いそうにない。

——麻美さんが頼んだとも考えにくいけれど……。

坊守であり、静麻と莉麻の母親である麻美は、魅音の従姉妹だと聞いている。

遠縁ではあるが幼い双子が気になって手伝いに来てくれたというなら、追い返すわけにもいくまい。

「ということで、夏見サン、おつかれさまでした！　あとは魅音におっまかせ☆」

ボストンバッグを玄関におろした魅音に追い出されそうになるも、明日香とてここで「はいそうですか」と追い出されるわけにはいかないのだ。

どこの誰が、恋人を猛獣の檻に放置するものか。身長は低かろうと、魅音からは肉食獣の気配が漂う。対して継深は完全なる草食動物。サバンナのシマウマさんだ。

――でもわたしが野々原さんともめたらつぐ兄がやりにくいだろうし、ここはなんとか機転を利かせる方向で。

明日香は長い黒髪を揺らして軽くしなを作ると、魅音に向かって笑いかけた。

「野々原さんが来てくださって助かりました。麻美さんのように完璧な家事はわたしにはムリですから、ふたりいれば手のまわらなかった箇所も片付けられますね」

「えっ……？」

呆気にとられた魅音に、間髪を入れずたたみかける。

「境内の掃除、石段の掃除、参道の手入れもありますし、今週末は町内会の資源回収もあります。ふたりでがんばりましょう！」

ぐっと彼女の手を握り、明日香は反論を封じる勢いで笑みを保つ。

やりたくないなら尻尾を巻いてお帰り！　くらいの気持ちを込めた笑顔に、魅音も察するものがあったらしい。一瞬唇を尖らせたが、すぐに愛くるしい表情を取り繕う。

「わあー、夏見サンって魅音より年下なのに、なんかベテランの主婦サンみたいですねぇ～。魅音、世間知らずなんでー、口うるさいオバサマ方ってちょっと苦手ですけどおー」

「そうですね、千永寺のことを考えればもう少し慎ましやかな服装にしたほうがいいかもしれませんね」

会話は嚙み合わず、握る手は互いにギリギリと力を込めているため、二の腕の筋肉がわ

ずかに盛り上がっている。

しかし、魅音襲来の結果、明日香は完全に菅生家に泊まりこむ言い訳ができた。さすがに連日泊まりこんでいては、明日香の両親もいい顔をしない。十年来の顔なじみとはいえ、若い男性の住む家なのだから当然か。

「あー、そうか。そうだよね。あーちゃん、ひとりじゃ大変だったね。野々原さん、ありがとう」

相変わらず女同士の戦いにはさっぱり気づかない継深が、やっとわかったとでも言いたげな様子でぺこりと頭を下げた。

——つぐ兄はこういうところがかわいいんだけどねっ！


そして明日香の戦いの日々はまだ続く。

恋人たちの甘く濃密な時間は、もうしばらくお預けとなった。


♪。+.ｏ.+。♪。+.ｏ.+。♪


竹箒を手に見上げた空は、抜けるように青い。

明日香は目を細めてひたいの汗を拭った。

境内の大銀杏は今を盛りに黄色い葉を散らし、吹く風も夏の熱を忘れはじめたように感じる。

掃除をし、洗濯をし、料理をし、愛する人の生活を支える毎日を過ごすのは幸せだ。こんなふうにずっとふたりで暮らしていけたら——

「ちょっと、夏見サン！　なに、ボーッとしてんですか！　魅音にいつまでもこんな臭い仕事させといて、ちんたら掃除しないでくださいよ！」

抜けるような秋空の雅も解さぬ甲高い声が聞こえてきて、明日香は現実に立ち戻る。

ゴム手袋をはめた魅音が、しゃがみこんで銀杏の実を拾いながら唇を尖らせた。

「まあ、野々原さん、ずいぶん集めたんですね。つぐ兄の好物と聞いたら喜んで銀杏《ぎんなん》拾いを申し出てくれただけあるというか」

ライバル相手に継深の見ていないところで遠慮する気はない。魅音が初手から臨戦態勢なのに、自分だけ猫をかぶり続けていては戦いようもないのだ。

「……そのわりに、銀杏の処理のしかたも知らなかったんですよね？」

菅生家の客間に布団を並べて寝る明日香と魅音は、現在この家の家事手伝いの身である。先週、突然魅音が押しかけてきた日から、連日の家事バトルに明け暮れ、せっかく想いが通じあった継深とふたりきりになる時間もとれない。

今日は朝からデザイン事務所に行かなくてはいけない継深を見送り、魅音とふたりで掃除に精を出している。

——野々原さんがいなければ、夜はつぐ兄の部屋でいちゃいちゃしたりできたのに！

成就したばかりの恋を堪能したいというのは、過ぎた願いではないだろう。

そのせいもあって、つい魅音への言葉が刺々しくなる。継深との関係は、まだ彼女に告げていいなかった。

「銀杏なんてお店で買えばいいだけなのに、いちいち拾えとか言い出して、夏見サンってなんか小姑っぽい？　魅音、健気な新妻気分かも～」

魅音は明日香より小柄で華奢なせいか、あるいはその口調のせいか、年上だという感じはあまりしなかった。

なにしろ継深の前では愛らしい小型犬を演じ、彼がいなくなると途端に明日香をちくちく攻撃してくるのだから仕方あるまい。

「あーもー、どうしてこんなに臭いの!?　こんなの拾うとか、ほんとありえないっ」

コンビニの白いビニール袋に銀杏を集めていた魅音は、悲鳴に似た嘆きの声をあげるとゴム手袋の手首の部分で顔を擦る。

臭いに文句を言うからには、汚れた部分が顔に当たらないようにはしているが、見た目でわからずとも銀杏の汁は至る所についているだろう。

「あっ、野々原さん、ダメ！」

明日香が慌ててとめたが、もう遅い。

「何よ、さっきからダメ出しばっかり！　口うるさい女は嫌われますよ！」

「そうじゃなくて、ああ、もう。それ以上、顔さわらないでくださいね」

念押ししてから、明日香は魅音の白い腕をつかんで庫裏へと急ぐ。

「なになに、なんなの、いきなり!?」

まったく、なんのためにゴム手袋を着用して銀杏を拾っていたのか。手が汚れないためだけだと思っていたのならば大間違いだ。

銀杏の実は強アルカリ性である。

酸性とアルカリ性と聞くと、アルカリ性のほうが安全と思う人がいるそうだが、それはあくまでイメージの問題なのだろう。

実際、酸性物質は金属を溶かすこともできるが、アルカリ性とて人間の皮膚を溶かす。それが強アルカリ性ともなれば、銀杏の汁程度でも皮がむけるのは避けられない。

――って、先に説明してあるのに、どうして野々原さんはちゃんと聞いてないのよ！

文句を言いながら引きずられる魅音を振り返り、明日香は大きくため息をついた。

とりあえず庫裏の洗面所へ到着すると、ビニール袋で防御しながらゴム手袋をはずしてやる。

「顔、洗ったほうがいいですよ。かぶれると厄介です」

「えっ、だって魅音、別に汚れたトコでさわってないのに！」

「それでも汁は付着してますから。説明しましたよね、銀杏の強アルカリ性について」

「聞いてないし！」

ぷくーっと頬をふくらませると、魅音は慌ててクレンジングジェルを手にとった。

――なんでこんなことになったのかしら、ほんと。

相手が静麻や莉麻ならまだしも、魅音は幼く見えても大人の女性なので、彼女が顔を洗う間、明日香は廊下に出てこれまでの数日に思いを馳せる。

継深と想い想われる関係になれたことは、筆舌に尽くしがたい幸福だ。それを思い出すと一瞬で目の前がバラ色になる。

しかし、魅音の襲来によりふたりで過ごす甘い蜜月は夢と化し、麻美が戻るまでという期限付きのバトルは日に日に加速する一方だった。

『あーちゃんと野々原さんが仲良くなってくれて嬉しいよ』

何も知らない継深は、家事に明け暮れるふたりの女性をほのぼのと眺めているらしく、心底嬉しそうな笑顔でそう言う始末。

彼の鈍感さに腹を立てるよりも、その愛おしさに心奪われる自分がたまに情けなくなるほどだが、いかんせん継深の笑顔は心のささくれをすべて完治させるだけの治癒力がある。

――……思い出すだけで、顔がにやにやするううう!

しまりのない表情筋を両手で覆い、明日香は壁に背をつけたままずるずると冷たい廊下にしゃがみこんだ。

「あすかちゃん、こんなところでなにしてるのー?」

不意に声をかけてきたのは静麻だった。

いずれは義弟となる（と勝手に明日香は決めつけている）相手に、おかしな姿は見せられない。

「魅音ちゃんが顔を洗っているから、ここで待ってるの。しいくん、おかえりなさい」

ランドセルを背負った静麻の頭をぽんぽんと撫でると、彼は無垢な笑みを見せた。

魅音ちゃん、だなんて呼びたくもないのだが、静麻と莉麻の前ではあえてそう呼ぶ。子どもたちがそう呼んでいるのだから、明日香も倣っているまでのこと。

「あら、りまちゃんは？」

いつも一緒に帰ってくる双子だが、そこには莉麻の姿がない。

「んー、あのね……」

ちょっと困った様子で静麻が何かを言いかけたとき、洗面所から魅音が出てきた。

「わあっ、静麻クン、もう帰ってたの～？　おかえりなさーい！」

継深にのみならず、彼の弟妹にまで媚びる魅音の徹底っぷりには頭が下がる。明日香とふたりのときには不機嫌そうな素振りも見せるが、遠縁の双子には愛想がいいのだ。

「……え……？」

「み……、みおん、ちゃん？」

普段ならば笑顔で「ただいまー」と言うはずの静麻が、このときばかりは棒立ちだった。

そして、明日香も同じく完全に硬直する。

「魅音ちゃんですよう？　どうしたの、静麻クン？」

声は野々原魅音で、服装も先ほどまでと変わりはしない。しかし、いつも朝からフルメイク、むしろ寝るときも夜用メイクと言って化粧を落とさない彼女のすっぴんは、あまりに別人で。

お世辞にも大きいとはいえない目に、のっぺりとした目鼻立ち、凹凸の少ない純和風の顔つきに黒目を大きく見せるカラコンだけがどこか浮いて見える。

「……お顔がちがうよ?」

素直な静麻がそう言うと、魅音が一瞬般若の表情を浮かべた。が、すぐに取り繕って魅音が微笑む。

「ちょーっとお化粧を落としただけで、魅音ちゃんに違いなんてないですからねぇ~?静麻クン、魅音ちゃんの作るオムレツ好きでしょう?」

「う、うん……」

ちょっととは言いがたい相違だが、明日香は何事もなかったように静麻の背からランドセルをおろさせた。

「それで、りまちゃんはどうしたの?」

「あっ、そうだった。あのね、りまちゃんね、家出するんだって言ってた」

まだ魅音の顔面ショックから立ち直れていない静麻が、どこかぎこちない声で告げるさらなる衝撃。

さすがに明日香も「へぇ、そうなの」と流すわけにはいかず、目をぱちぱちと瞬《しばた》いた。

「家出って、え、どういうこと、しいくん？」

目線の高さをあわせ、まっすぐに静麻を見つめると彼は困ったように視線をさまよわせる。

住職は未だ入院中、静麻と莉麻の母である麻美も病院に付き添い、この寺を預かる継深に代わって双子の面倒をみているのは主に明日香だ。無論、魅音もいるにはいるが、以前から双子をよく知る自分こそがふたりの母代わりだと自負していた。

「えっと、えっと……」

遠く焼きいも屋のトラックが流す、牧歌的な「いしやーきいもー、お芋ー」という売り声が聞こえてくる。

「静麻クン、明日香チャンには言いにくいことなら、魅音が聞いてあげる！」

隣にしゃがみこんだ魅音が、ぐいっとお尻で明日香を押しのけた。

――何するのよ、この化けマルチーズ！

心のなかに不満をとどめ、顔だけはいつもの穏やかな笑みを絶やさずにいると、静麻が大きな目に涙をためて見つめてくる。

「ちがうの、あすかちゃんに言いにくいんじゃないよ。でも、あの……」

こんな状況だというのに、あまりの天使っぷりにため息が出そうだ。いや、それでも今はそんな場合ではない。莉麻が家出したというのがほんとうならば、急いで探さなくては。

「今日、学校でりまちゃんのクラスの男子が、『おまえんちのお母さん出ていったんだろう』って……」

子どもながらに言葉を選ぶ静麻の言うことをまとめると、双子の母である麻美が後妻であることに関連づけて、母親が家を出ていったのではないかと勝手な噂がされているという。話の尾ひれはまだ先があり、あろうことか住職は二番目の妻（つまり麻美）を追い出し、若い愛人（おそらく明日香か魅音、もしくは両方!?）を寺に住まわせているとまで言われているらしい。

「それでりまちゃん、その男子とケンカになって、相手が泣いてゴメンナサイしたんだけど、どうしてケンカしたのか言わなかったから先生に『暴力はいけない』ってすごく怒られたの」

男子を泣かせるほどの莉麻のパワーはひとまず話の横に置いておくとして、幼い彼女が理由を言いたがらないのもこれまでの話の流れからして当然だ。

家出の原因は、その件で継深に叱られるとでも思ったのだろうか。

「えー、ひどーい！　莉麻チャン、ぜんぜん悪くないのに！」

大仰な手振りで同調する魅音に、静麻が困り顔で頷く。

だが、今問題となっているのは莉麻の心の傷だけではない。

「それで、家出してりまちゃんはどこに行くつもりなのかしら？」

明日香は決して静麻を急かすことのないよう、いつもどおりの声と語調で尋ねた。

子どもの心は大人が思うよりも繊細で複雑だ。単純に見えても、そこには思いもよらぬ細かなトゲが刺さっていることもある。

「わかんない。でも、雪森公園のふしぎのドカンかも。りまちゃん、ひとりで電車乗ったことないし、おおさかまで行き方わかんないから」

「不思議のドカン……？」

雪森公園は町内にある小さな三角公園だ。

明日香が引っ越してきたとき、すでに遊具はサビが浮いて古くなっていた。この近所なら、ほかに新しい公園もあるため、子どもたちはそちらで遊ぶことが多い。

しかし、静麻が言うドカンとはなんだろうか。爆発音に似た『カ』に重きを置いたアクセントだが、公園で爆発するものがあっては一大事だ。

――ドカン、ドカン……、雪森公園の不思議の……。あっ、もしかして！

おぼろげな記憶をたどっていくと、たしか雪森公園には『土管』があった。

最近のカラフルな遊具とは違う、昔ながらのただの土管だ。明日香ですら土管で遊んだ記憶などないのだから、静麻が土管の名前だけを聞いて記憶している場合、少々発音がおかしいのも納得がいく。

「しいくん、ドカンって丸くてなかに入れるトンネルみたいな土管のこと？」

「うーん、たぶん？　えっと、雪森公園のドカンはね、会いたいひとに会わせてくれるんだって。だから、りまちゃんもしかして、おおさかにいるお母さんに会いたいのかなって思うんだけど……」

小学一年生の莉麻がひとりで大阪へ行くのは難しい。

だからといって、年齢のわりにリアリストの莉麻がそんなことをするだろうか。

——なんにせよ、ほかに手がかりがないなら雪森公園に行くしかないわ。

明日香はすっくと立ち上がり、静麻の手を握った。まだしゃがんでいる魅音を見下ろし、一瞬で思考を整理する。

「野々原さん、わたしがしいくんを連れて探しに行ってきます。莉麻ちゃんが戻ったとき、家に誰もいないと不安がると思いますから、野々原さんは留守番をしていてください。それと、つぐ兄には……」

言い終えるより早く、魅音が不満げな顔で仁王立ちした。

「ちょーっと待って！　魅音を置いていく理由がぜんぜんわかんないんですけど！」

——りまちゃんが帰ってきたときのことを考えろって言ってるのに、まったく！　人の話をちゃんと聞いてよ！

怒鳴りたくなるのは、明日香とて不安だからだ。とはいえ、魅音に文句を言ったところで莉麻が戻ってくるわけではない。

「静麻クン、もう一年生だからひとりでお留守番できるよね？」

なんと言って納得させようかと考えあぐねているうちに、魅音は静麻の頬を指先でつんつんとつついた。

「で、でもぼく、りまちゃんのこと探しにいく！」

「静麻クンがおうちで待っててくれたほうが、莉麻チャン帰ってきたとき安心するんじゃない？　それに、魅音チャンと明日香チャンだったら、手分けして探せるから莉麻チャンが見つかる可能性二倍だよ！　二倍！」

すっぴんにダブルピースで笑う魅音が、今はやけに頼もしく見える。

彼女の言うとおり、静麻に留守番をまかせたほうが効率的だ。

——何も考えてないように見えるなんて思っててごめん、野々原さん！

心のなかでだけ謝罪し、明日香は魅音に頷いてみせる。

「しいくん、ひとりでお留守番できるかな」

「うん、できるよ。ぼく、りまちゃんが帰ってくるの待ってる」

引っ込み思案だが頭の回転は悪くない静麻が、何度も首を縦に振った。

継深に事の次第を説明するのは、莉麻が見つかってからでも問題ない。莉麻の気持ちによっては、継深に明かさずにおくべきかもしれないのだ。

「じゃあ、行きましょう、野々原さ……魅音ちゃん！」

静麻の前だから、というだけではなく、なんとなく仲間意識を感じて呼び直す。

「魅音の足手まといにならないでね～、明日香チャン？」

いつもよりだいぶ地味な顔で魅音がフフンと笑い、ふたりは我先にと玄関へ飛び出した。


石段を駆け下りる途中で雨が降りだした。

いつの間にか焼きいも屋の売り声は聞こえなくなっており、夕焼けを待たずに雲で覆われた空から冷たい雨が落ちてくる。

「……わたし、あっち探すから！」

雪森公園とは別の方角に向けて、魅音が視線を向けた。

「じゃあ、わたしは公園に行きます。もしかしたら、ほかの公園にいる可能性もあると思うので……」

「わかってる。コンビニとかも覗くし、あとは子どもが隠れられそうな場所、手当たり次第見てまわる。何かあったら電話して！」

返事をする前に駆け出した魅音を見て、彼女に対する考えを明日香は再度改めることになった。

寝るときでさえ化粧をする彼女が、莉麻の一大事にはすっぴんで外を走りまわる。いつものマルチーズっぷりは鳴りを潜め、まるで猟犬の血を引いているかのような俊敏さ。

――野々原さんって、ヘンに自分を作らないでいるほうが魅力的な女性に思うけど……。

なんにせよ、今はライバルの魅力について考えている場合ではない。

明日香は雪森公園へ向かって走りだした。

次第に強くなる雨脚が、長い黒髪を濡らす。

傘もささずに町内を走る途中、静麻の語った双子の母――つまり継深にとっては継母にあたる麻美のことを考えた。そして、死別なのか離縁なのかも知らない、継深の実母に思い至る。

十年前、明日香がこの町に越してきたとき、すでに継深の母親はいなかった。

考えてみれば継深の口からもじつの母親について語られたことは一度もない。十年もそばにいて、ただの一度もなかったのだ。

気になって聞いてみようかと思ったことがなかったとは言わないが、菅生家の仏壇で継深の母らしき人の遺影を見かけたことがないということは、つまりそういうこと。

暗黙の了解。

不文律。

菅生家において、住職の前妻について尋ねることは避けられてきた。

だが、麻美が後妻であることは近隣の誰もが知る事実であり、以前からこの地域に住む人たちは継深の母である女性を知っている。だからこそ、継深の母がお寺の娘ではなく、一般家庭の出だという話も明日香の耳に入った。そして、後妻の麻美が出ていって、新しい女性が……なんて噂になるからには——。

——つぐ兄のお母さんは、きっと出ていったんだ。

考えないようにしていた結論にたどり着くころ、明日香の目に雪森公園が見えてきた。

「りまちゃん！　いるの？　いたら返事して、りまちゃん!!」

降りしきる雨は、日暮れた町の取り残されたような古い公園を重く暗く、そして冷たく濡らしていく。

小さな砂場と古めかしいシーソー、雑草が生えた公園の奥に大きな土管があった。

駆け寄ってなかを覗くと、そこに莉麻の姿はない。けれど、ビビッドピンクのランドセルがぽつんと置き去りにされており、明日香は急いでカブセ裏の名前を確認した。

すごう　りま
黒い油性ペンで書かれた文字は、このランドセルが莉麻のものであることを意味している。

「……ランドセルが置きっぱなしってことは、戻ってくるつもりがあるってこと……」

ぐっしょりと濡れた体を縮め、ポケットからスマホを取り出した。

——野々原さんに連絡を入れなくちゃ。

あるいは先に魅音が何かしらの情報を手に入れている可能性も考えられる。

こんなときは生活防水のスマホがありがたい。明日香は濡れた指先を自分の着衣で拭ってからメールを送信する。

それにしても——。

不思議の土管、とはこういうことだったのか。

古い土の匂いがする土管のなか、スマホのバックライトで照らされた内側には一面に文字が並んでいた。文字だけではない、似顔絵とおぼしきものもちらほら見受けられる。

『健一くんにもう一度会いたい』

『Natsuko, come back』

『早くあなたに逢えますように』

『シンジ　ユキノ　この愛は永遠！』

所狭しと並んだ落書きは、多くが恋愛にまつわる内容のようだった。

ふたりの愛を誓う内容もあるが、よく見れば「会いたい」の気持ちを込めた文章が多いことがわかる。

「……だから『会いたい人に会わせてくれる』不思議な土管、ってこと」

冷たい文字の上をそろりと指でなぞって、明日香はひとりごちた。

小学生も高学年になれば、この文字の意味がわかるかもしれないが、静麻にはまだ難しかろう。

会いたい、会いたいと書き込まれた不思議な土管。なぜ書くのか。その理由を、『この土管に会いたい人の名前を書けば会える』と誤解してもおかしくはない。

そのとき、なんの気なしに眺めていた文字の並びに見覚えのある名前を発見し、明日香は目を瞠った。

『お母さん、もう一度会いたいです　つぐみ』

珍しい名前ではないかもしれない。

別人が偶然書いただけのものかもしれない。

けれど、明日香にはそれがまごうことなき菅生継深の手によって書かれた文字だと確信できた。

必要以上に感傷的になりすぎない文面も、ほかの落書きに比べてずいぶんと控えめな細い文字も、何もかもが継深らしく思える。

「……つぐ兄、お母さんのことを何も言わなかったけれど、ほんとうはずっと会いたいと思っていたの？」

問いかけたところで答えはなく、明日香はしばしぼんやりと、おそらく継深の書いただろう落書きを見つめていた。

沈黙を切り裂くようにスマホからメール受信音が響き、慌てて液晶に目を向ける。

魅音からの返信には、『莉麻チャンらしき小学生女子発見！　雪森公園方面に逃走中！』と書かれていた。

そう広くない町内だ。魅音がいる場所からここまで、五分とかかるまい。

明日香はタオルハンカチを取り出すと、置き去りにされたランドセルを丁寧に拭いた。

莉麻はもしかして、この土管の内側で察したのかもしれない。ここに来れば会いたい人に会えるわけではなく、会いたい人への思いの丈がつづられているだけだということを。

──急に両親がいなくなったら、事情はどうあれ不安で当然よね。

強がりな莉麻は心から不安を打ち明けられる相手がいなかったのだろう。そうさせてしまった一因が自分にもあるように思えて、明日香は情けなさに唇を噛む。

それにしても静麻を連れてこなくてよかった。雨が強まり、ずいぶん寒くなっている。

魅音の機転のおかげで、こうして手分けして莉麻を探すこともできた。

——思っていたほど彼女のことを苦手じゃないかもしれないな。もしかしたら、野々原さんとは出会い方さえ違ったらいい友だちになれたのかも。

執拗に着飾る魅音と、徹底的に清楚を追求する明日香。

両者にはおそらく共通点があった。

ほんとうの自分を素のままでさらけ出すのが怖くて、『こうすれば正しい』というパターンを選び、他人に見せたくない自分を隠したままで愛されようとしていたのだ。

少なくとも明日香は、継深に似合う女性になるという目標をかかげている。

地味な素顔を見たあとでは、魅音も似たようなものだったのだろうと思えてくるから不思議なものだ。

土管のなかで勝手な感慨に耽っていると、雨音にかき消されかけた声が聞こえてくる。

「……っ、り……っ、ちょっと、待ってってば！」

「ヤダ！　来ないで！」

空から降ってくる雨とは異なる、水を跳ね上げる音。

濡れた前髪を手でかき上げると、明日香はじっと目を凝らして外を見る。秋の雨に打たれる魅音が、公園の入り口で莉麻をつかまえようとしていた。

「りまちゃん！」

瞬間的に明日香は土管から飛び出る。

痛いほどの大雨に、一瞬で全身がずぶ濡れになった。もとより濡れていたとはいえ、これほど雨が強くなっていたとは。

「りまちゃん、だいじょうぶだから、落ち着いて話を……、りまちゃんっ」

ざあざあと雨がうるさい。

住宅街の街灯は蛍光灯がちらつき、それが降りしきる雨と相まって、いっそう世界を歪めて見せる。

「お母さんのところに行くんだもん！」

自慢のふわふわの髪がべったりと頬にはりつき、莉麻は今にも泣きそうな声で叫んだ。こまっしゃくれて、大人ぶったいつもの莉麻の姿はどこにもない。母親から引き離されて泣きじゃくる、小さく華奢な肩が震えている。

「あっ、ちょっと、莉麻チャン！」

明日香と魅音に前後から挟まれ、やけくそになってか莉麻は公園から道路へ向かって駆け出した。

今日はとことん雨のなかの鬼ごっこのようだ。

——でも、何があっても連れて帰るから。それで、あったかいココアをいれて、麻美さんに電話をかける！

追いかける明日香の手が、莉麻の肩をつかもうとしたそのとき。

公園の木々の葉が水滴でしなだれ、見通しの悪い狭い道はさらに視界をぼやかしていた。

背後から車のライトが背を照らしても気づかないほどに。

「危ないっ!!」

——……え……？

魅音の声に、明日香は咄嗟に莉麻を引き寄せる。

振り返ると軽自動車のフロント部分が目と鼻の先にあった。

避けきれない。

瞬時にそう感じた明日香が、莉麻の体を公園の入り口に向けて突き飛ばす。

その反動で体が住宅の外壁に倒れかかったが、頭や背を打ちつけるより先に自動車が彼女の体にぶつかった。

——つぐ兄……っ！

どんっ、と脇腹に衝撃を感じる。次いで体がアスファルトに叩きつけられ、腕と足が焼けるように痛んだ。

きつく閉じたまぶたの裏で、何かがちかちかと点滅しているような気がした。

叫び声を聞いたかもしれない。それはおそらく魅音の、それとも莉麻の。

「あすかちゃんっ、あすかちゃん!!」

「ダメッ！　揺さぶったらダメだから、早く救急車を……」

薄れていく意識は、空を覆う雲に似ている。

冷たいアスファルトの上に倒れて、明日香は最後に大好きな人の声に耳を澄ます。

「あーちゃん！　どうして……、どうしてこんなことに……っ」

ここに継深がいるはずはない。

なのにどうして。

ざあざあと雨の音だけが大きく響く。

――大好きな人に嘘をついた罰が、今さらになってやってきたのかなあ。ああ、だとしたらせめて、もう一回、つぐ兄とキスしたかった……。

まったく叙情的とは言いがたい雨に打たれて、彼女は意識を失った。

第四章　そのレッスンは本番のために！

「――それじゃ夏見さん、今夜は一晩安静です。何かあったら、すぐにナースコールで知らせてくださいね」

白いナース服の看護師が、病室の電気を消すと、スライドドアを閉めて出ていった。

残された明日香は、ふう、と小さくため息をひとつ。

数時間前のことが、嘘のように遠く感じる。

家出した莉麻を見つけ、彼女を守ろうとして車にぶつかった明日香は、自分がこのまま事切れてしまう覚悟で目を閉じた。しかし、なんのことはない。目を覚ましてみれば、両腕両足の擦過傷と打撲以外は外傷すらなく、至って健康な状態で病院のベッドの上にいた。

とはいえ、両腕の擦過傷は手首から肘にかけて広範囲にわたり、両足も含めて包帯でぐるぐるに巻かれているため、顔だけ出したミイラのようになっている。

――大袈裟に思えるけど、まあ仕方がないわよね。

病院着から伸びた両手を薄闇のなかで伸ばしてみると、明日香はもう一度ため息をこぼした。

両親と姉たちは、二時間ほど前に病室をあとにした。母は「二十歳にもなって道でいちびるような子ぉは、一晩なんて遠慮しいひんで一週間くらい頭んなか診てもろたほうがええわ」とひたいに手をやっていたが、目尻が赤くなっていたのは明日香を心配して泣いていたのかもしれない。

なんにせよ、包帯が大仰に見える程度で済んでよかった。恋愛成就したばかりの身なのにこれで何かあっては、死んでも死にきれないというものだ。

ふと目を閉じ、明日香は自分が生きていることを実感する。心のなかに、彼への愛情が変わらず息づいている――それが、明日香の『生きている』という感覚そのものだった。

継深はどうしているだろうか。莉麻は無事だったと聞いたが、彼の姿は見ていない。今回のことで、彼が心を痛めているのは目に浮かぶ。

――優しいつぐ兄だもの。きっと、今ごろはりまちゃんのそばで話を聞いているのかしら……。

脳裏に思い描く彼は、いつでも微笑んでいる。その服装が袈裟姿のこともあれば、初めて出会ったときの高校の制服のこともあるけれど、表情だけはいつも同じ。見慣れた、優しく穏やかな笑顔だ。

「……あーちゃん?」

――ああ、幻聴まで聞こえてきた。わたしったら、つぐ兄を好きすぎる。

「眠ってる……？」

声どころか大好きな白檀の香りまで――と思ったところで、明日香は目を開けた。

「つぐ兄!?」

目の前には、恋人になったばかりの継深が、困ったように眉尻を下げて明日香を見つめている。

すでに面会時間は終わっており、こんな時間に彼が病室へやってくるなんて考えてもみなかった。きっと、かつての『昔から知っている兄妹みたいな関係』では、こんなことは起こらなかったに違いない。

――カノジョだから、こんな時間でも会いに来てくれるのね！

一瞬で心が浮足立つ。しかし、彼女とは対照的に継深は沈痛な面持ちで頭を下げた。

「ごめん、ほんとうにごめんなさい。うちの妹のせいで、あーちゃんの体に傷を……」

莉麻を助けたことは事実だが、明日香にすれば継深に謝罪されるようなことではない。そもそも、麻美の留守宅で継深争奪戦を繰り広げていた自分と魅音が悪いのだ。そうでなければ、莉麻とておかしな噂を耳にすることもなく、こんな事態には陥らなかった。

「違うわ、つぐ兄。莉麻ちゃんが悪いわけではないの。謝ったりしないで」

包帯を巻かれた腕で、そっと彼の手をつかむ。夕のおつとめをしたあとだからか、継深は法衣に略肩衣をまとっている。

「あーちゃんのこんな痛々しい姿を前にしたら、俺……、俺は……」

握り返してくれる手があたたかい。彼は、明日香を気遣うように優しく優しく彼女の手を包んだ。

うっすらと涙をにじませた瞳で、継深がまっすぐに明日香を見つめてくる。

「責任、とるから。傷が残っても残らなくても、必ず俺が責任をとる。あの、と、とらせてください！」

後半は頰を染め、彼は少し恥ずかしそうに軽く首を傾げた。

——だから、二十六歳でこのかわいさは反則だってば、阿弥陀如来さま！

自分も赤面しそうなところを、明日香はわざと唇を尖らせて不満そうな表情を作る。

「怪我をしなかったら結婚してくれないの？」

「いや、俺はあーちゃん以外にそういうのは考えられないよ！」

珍しく食い気味に返事をしてから、継深が慌てたように口元を押さえた。こんな遅くに勝手に病室に入っているのだから、看護師に見つかったら事だ。

——ああ、こんなに優しくて純粋で誠実でかわいくてかっこよくて、世界一大好きなひとがわたしの恋人だなんて、幸せで早死にしそう……！

明日香は静かに継深に身を寄せる。すると、彼がおずおずと抱きしめてきた。遠慮がちな腕は、明日香の体を気遣ってのことか。

「……つぐ兄に傷物にされるのは本望よ？」

胸元に顔を埋めて、小さくそう言ってみる。さて、彼が理解してくれればいいのだが。

「あ、あーちゃん!?」

焦った声に、明日香は思わず小さく笑い出した。

「からかうなんてひどいな。俺は真剣なのに」

「わたしも真剣よ？　つぐ兄がかわいいのが悪いの」

「……俺より、あーちゃんのほうがかわいい。かわいすぎてずるいよ」

明日香を包み込む白檀の香りに、継深の吐息が混ざる。次第に彼の腕に力が込められ、気づけばぎゅっと抱きしめられていた。

「かわいすぎて、こんなときなのにキスしたくなる。今まで、どうやって我慢してきたんだろう。ずっとあーちゃんを、妹みたいに思わなきゃって自分を律してきたはずなのに……」

耳元で囁かれた、天にも昇る甘い言葉。

明日香はそっと顔を上げると、彼を見つめて微笑む。

「どんなときでも、キスしてほしいって思っていてごめんなさい」

「……っ、いや、だから、そんなふうに俺を誘惑するのはよくないよ!?」

もう言葉はいらないとばかりに、明日香は黙って目を閉じた。この距離でキスを乞うていることに気づかないほど、彼は鈍感ではないはずだ。

「いい子をやめたあーちゃんは、俺をますますおかしくさせる……、ん、……っ」

唇を重ねて、継深がせつなげに息を漏らした。やわらかく、あたたかなキス。

「つぐ兄、大好き……」

法衣の袖口をきゅっと握ると、最初は遠慮がちだった継深の舌が口腔を弄《まさぐ》りはじめた。

「……っ、ん、んん……っ」

心のいちばんやわらかな部分を舐められているような、甘やかでくすぐったい、けれどひどく扇情的なキスに、息が上がるのをとめられない。

――声、出したら……看護師さんに気づかれるかもしれないのに……。

わかっていても、鼻から抜ける甘い声が自分の耳にも聞こえてくる。ちゅく、と音を立てる淫らなキスが、明日香の心を昂ぶらせた。

「かわいい声……。もっと聞きたくなるよ。もっと、俺だけに聞かせて……」

「ん、つぐ兄、待っ……ん……!」

先刻まで自制心と戦っていたはずの継深だが、唇を重ねたとたん躊躇《ためら》いを忘れたらしい。次第に大胆になっていく舌の動きと、吐息まで奪おうとする貪欲な唇が、淫靡な水音を奏でる。

――ていうか、つぐ兄ってもしかして……。

なんとなく気づいていたような、けれどここにきて初めて確信したような、彼のこと。

行為が始まると、継深は急に豪胆になるのだ。普段は誰よりも繊細な青年に思えるのに、キスの温度が上がるほど、継深の発言は淫らになっていく。その指先が、その手のひらが、普段ならば躊躇する場所をあばいてしまう。

——つまり、ギャップ男子ってことでいいの？　無自覚にエロモード突入しちゃう感じなの⁉

どちらにしても、病院着の上から胸元をなぞる指先に感じているのは隠しようがない。

明日香はびくんと体を震わせ、濡れた吐息をこぼした。

「ん、ふ……っっ」

その瞬間、我に返った様子で継深が目を見開く。次いで、彼は両腕をバンザイするように天に向けて伸ばした。

「……つぐ兄？」

「〜〜〜っっ、俺は修行が足りなすぎる！」

病院の天井を仰ぎ、継深が顔を覆う姿はあまりに情けなく、けれどそこには確実な愛があって、その愛情というものは温度のある快楽を欲してしまうわけで——。

「修行なんて足りなくても、わたしは今のままのつぐ兄が大好き」

ベッドの上で、明日香は幸せそうに微笑んだ。

「これ以上、俺を甘やかしたり煽ったりしないでください。あーちゃんが優しすぎると、俺は暴走しそうで自分が怖いよ」

深い息を吐いた継深は、動揺しているのか少し早口になっているし、敬語混じりになっていた。

——暴走してもらわないとわたしのほうが困るんだけど……。

そこまで思ってから、明日香はふと自分がすでに『なんとかして既成事実を作らなければいけない』状態ではないことに気がついた。

想い想われ、互いを恋人と認めているのならば、別段急いで彼に欲情してもらわずともよい。これからゆっくり愛を育んでいく道がある。

——んー、だけど、やっぱりこのままの関係が続いたら、わたしのほうが我慢できなくなりそう。

キスだけで甘く疼く、腰の奥。

もぞりと体を動かして、明日香は自分が継深のキスに感じていたことを痛感する。

「じゃあ、退院したらレッスンの続きをしてくれる？」

戸惑いがちに問いかけると、継深が二度三度と瞬《まばた》きを繰り返した。

「え、え、いや、だってあのレッスンはもう……」

明日香の不感症を治すためのレッスンは、たしかにもう必要なくなっている。そもそも、不感症であるというのが嘘だったのだから、継深がそう思っても当然だ。

「レッスンが必要なの。つぐ兄にいっぱい愛してもらえるようになりたいから」

——来《きた》る本番にそなえて！

最後は心のなかでだけ付け足して、明日香はちらりと継深を見上げる。

「……それは、えーと、もうじゅうぶん愛される準備は整っていると思うんだけど」

「準備だけじゃイヤ。もっと愛したいし、もっと愛されたいの」

「〜〜〜っっ、だから、あーちゃん、俺を煽らないでください！」

真っ赤な頬で、継深が恥ずかしそうに顔を背けた。けれど、瞳だけは明日香に向けられている。

「……眠るまでそばにいるから、今夜はゆっくり休んで」

呼吸を整えながら、彼はベッドサイドのイスに腰を下ろした。

「じゃあ、手をつないでもいい？」

子どものようにねだる彼女が、大好きな継深の困り顔に興奮しているなど、きっと彼は気づいていないのだろう。

傷に障《さわ》らないよう静かに体を横たえると、甲斐甲斐しい恋人が上掛けを首までかけてくれた。

「おやすみなさい、つぐ兄」

「おやすみ、あーちゃん……」

宝物を撫でる優しい手つきで彼女の手を握ると、継深がふわりと微笑んだ。

こんな状況で眠るなんてできるはずがないと思った明日香だったが、擦過傷と打撲のみとはいえど体は事故で緊張していたようで、目を閉じてすぐに眠りに落ちていった。

「……子どものころと同じ無邪気さで誘うとか、ほんとにあーちゃんは小悪魔だよ……」

愛しい恋人がそんな言葉をつぶやいたことを知れば、彼女はどんな顔をしただろうか。

あるいは、感情を表す前に継深を押し倒した可能性もゼロではないのだが。

♪°+.o.+°♪°+.o.+°♪

翌朝になっても、容態は特に悪化することもなく、明日香は午前中に無事退院して自宅へ帰った。

迎えに来てくれた母と連れ立って家に帰り着くと、夏見家の郵便受けの上に野の花を束ねたブーケが置かれている。

「まあ、かいらし。明日香宛やね」

手にとった母が、それを明日香に差し出した。大人の両手に乗るくらいの愛らしいブーケには、リボンのところにメッセージカードがつけられている。

『あすかちゃんごめんなさい。早く元気になってまたあそんでね　りま』

不意に、目の奥がじんと熱くなった。今日は平日で、莉麻は朝から学校のはず。だとしたら、早朝から花を摘んでブーケを作ったのだろうか。

「そういえば千永寺さん、今日お帰りにならはって、その足でうちまでお詫びに来はったんよ。お子さんたちもこれで安心やねえ」

「住職さんが？」

「あんたの狙《ねろ》とるお兄ちゃんは来《こ》おへんよ」

隠し立てしているつもりはなかったが、母親から好きな男を言い当てられるというのも気まずい。しかし、そんな明日香の気持ちなど知ってか知らずか、母は自分の発言がさぞ楽しかったのか、軽やかな笑い声をあげて玄関の鍵を開ける。

「お母さん、わたしちょっと千永寺に……」

住職と麻美にあいさつをしなくては。むしろ、謝罪すべきは自分だ。信頼して鍵を預けてくれていた麻美に、なんと詫びればいいのだろう。

——りまちゃんが不安になったのは、わたしのせいでもあるんだから……！

「あきまへんえ。今日はうちで休んどき」

大怪我をしたわけではないが、事故からまだたった一日。母が心配するのもわかる。

——でも、わたしの責任だ。せめて謝罪だけでもしてきたい。

口調に似合わず頑固な母に、なんとか許してもらおうと考えていると、明日香の背後から聞き慣れた声が響いた。

「そうですよ。お母さまの仰るとおりです！　明日香チャンが来なくても、千永寺はもうぜんぜん、ちーっとも、まったく困らないんですから!!」

「……魅音、ちゃん……？」

眉間に訝しみのしわを寄せて振り返ると、ニコニコ笑顔のマルチーズが佇んでいる。今日の魅音は、昨日とは違って完璧なメイクで武装していた。

——ていうか、何しにきたの!?

昨日の友は今日の敵。そもそも、昨日だけの一時休戦のような関係だったのだから、強敵と書いて『とも』とルビをふるわけにもいかない。恋敵《ライバル》が妥当な相手だ。

「明日香、お友達ならそんなところで立ち話もなんだし、上がってもらったら？」

家族以外の前では標準語で話す母が、外面よく笑顔で魅音に会釈する。

――わたしの猫かぶりは、きっとお母さん譲りだわ。

そんなどうでもいいことを考えながら、お友達ではない魅音に「どうぞ、上がって」と声をかける。

「はーい、おじゃまします！　あ、お母さま、これ少しなんですけどお見舞いに……」

「まあ、ありがとう。今、すぐにお茶の準備をしますから、二階の明日香の部屋へどうぞ」

歓迎していない見舞い客は、明日香よりも先に夏見家へ入っていった。

夏見家の二階には、階段を挟んで左右に二部屋ずつ合計四部屋の扉が並んでいる。右手前が上の姉の部屋、左手前が下の姉の部屋、右奥は納戸で左奥が明日香の部屋だ。

「へえー、明日香チャンって自分の家でも猫かぶりなんだぁ～？」

室内をぐるりと見回すと、開口一番、魅音はそう言って挑むようなまなざしを向けてくる。

「魅音ちゃんのお部屋の好みに合わないだけで、猫かぶり扱いされる覚えはないんですけど？」

魅音相手に猫をかぶるのも今さらで、明日香はベッドに腰を下ろすと大きくため息をついた。

白木を基調としたやわらかな色合いの室内には、机と本棚、ベッドとクッションがふたつ、木製のチェストとラックが並んでいる。

特別意識したつもりはないが、たしかに明日香の個人的な好みで選んだというよりは、継深に好まれそうな家具を選んできたかもしれない。

――だとしても、別にわたしはこの部屋に不満なんてないし！

「フンっ、つぐみサンとつきあうようになったら強気になったってワケ？」

唐突に図星を突かれ、明日香は一瞬硬直した。

継深とつきあうようになってから、まだ時間が経っていないこともあり、ふたりの関係を誰かに明かしたことはなかった。急いで報告してまわる必要がなかったし、何よりふたりだけの親密な関係に明日香は満足していた。

「どうしたんですか、突然？」

「そういうトコがムカつく！　魅音にバレてないとでも思ってた？　甘い甘い、超スウィートト！　動揺すると敬語になるとか、つぐみサンの真似してるつもり？」

小柄な体で明日香の部屋のどまんなかに仁王立ちし、胸の前で腕組みをした魅音はこの上なく不機嫌な表情である。

「別に真似してない。それに、わたしとつぐ兄がつきあってるとしても、野々原さんに関係ないでしょ?」

「だーかーらー、そういうトコがムカつくって言ってるの！」

心のなかでひそかに「語彙の少ない人だな」なんて思いつつ、ムカつくはムカつく以上も以下もなく、ほかの言葉で代替できないこともなんとなくわかるから困りものだ。

「夏見サンなんて、ぜんっぜん努力してないから！　自分は努力してますー、いい女気取ってますーみたいな態度で、魅音のコトも気にしてないフリしたり、ほんと感じワルイ！　そうやって自分作って、本心言わないで好きになってもらおうなんて……」

ぐぐっと奥歯を噛みしめ、魅音が言葉を切った。

事実、明日香は自分を作って生きてきた自覚がある。継深に好まれそうな、上品な女性でありたいと思って生きてきた十年間。下ネタなんて彼の前では決して口にしないし、ダラけた格好もしなければ、めんどくさいやりたくない一生遊んで暮らしたいなんて発言をしたこともない。

だからといって、それが本来の自分ではないことも当然ながら明日香は理解している。少なくとも中高時代の友人たちは、「明日香?　あの子ってお嬢さまっぽい外見なのに、妙にヒワイなとこあったよねw」くらいのことは言いかねない。それが夏見明日香。それが……夏見明日香?

「わたしは……」

何を言い返せばいいのか、考えるほどにわからなくなっていく。

魅音の言うとおりなのかもしれない。本性を隠して、偽りの自分を好きになってもらおうだなんて卑怯だ。

――つぐ兄が好きになってくれたわたしって、いったいどこの誰なの？　それはほんとうに、わたしなの？

ある意味、中二病患者としては正しい思考。そして、二十歳の女性としては今さらな自分探し。果たしてその結末は……なんて、脳内でナレーションを流せるあたり、現実の認識が不十分である。言ってしまえば、幼稚なだけだ。

状態に名前をつけることで、自分を擁護する。自分を偽っていると自覚することで、自分さえも客観的に見ている気分になる。それは、大人になることを拒絶し――。

――なーんて考えたところで、答えがあろうとなかろうと別に意味なんてないのよね。

ふっ、と小さく不敵に笑い、明日香はベッドに座ったままで胸を張る。

自分がどうだとか、ほんとうはこうだとか、そんなことに意味を求めている人は、求道者の道を行けばいい。

――さて、なんて返事をしたらいいのかしら。

すっかり落ち着きを取り戻した彼女の目の前で、魅音が鼻の頭を赤くしていた。

「えっ、ちょ、そんな、泣くほどつぐ兄のことが好きだったの!?」

つい本心を露呈して、明日香は両手で口元を押さえる。

「違うわよ！　つぐみサンなんて、ちょっと顔が良くて条件が良くて、性格がおっとりしてるから騙しやすいかなって思っただけ！　魅音、こう見えてモテるんですからね！」

「野々原さんは見るからにモテそうですよ、一部の男性に……」

継深ではなく、軽い遊びのような恋愛を好む男性をターゲットにすれば、魅音なら容易に狙った獲物を仕留めるだろう。

「その一部が問題なの！　魅音は、チャラい男なんてイヤ！　世界中で魅音だけを愛してくれて、魅音だけをずっと見ていてくれるひとと恋がしたいの！」

ぷるぷる震えるマルチーズの目から、大粒の涙がこぼれる。アイラインとつけまとカラコンで作り上げた美少女顔をくしゃくしゃにして、魅音は泣いていた。

「夏見サンばっかずるいよう〜。魅音だって、一生懸命がんばってるのにぃ。つぐみサンみたく、誠実な男のひととつきあったら、すっぴん見たってきっと笑わないって思って、がんばってきたのにぃ……、うえぇぇぇぇぇぇ……」

勝って嬉しい　花いちもんめ
負けて悔しい　花いちもんめ
だけど恋しくて、恋しくて。負けて悔しいだなんて、一言で表しきれない恋心。

自分を取り繕ってでも愛されたいと願う気持ちは、よくわかる。もしかしたら、明日香は今、世界一魅音の気持ちを理解できるのかもしれない。

——だけど……。

ベッドから立ち上がり、頭半分背の低い魅音の前に立つと、すぅっと大きく息を吸う。

「甘えてんじゃないわよ！」

包帯でぐるぐる巻きの腕で、明日香は魅音をぎゅっと抱きしめた。

「え、え、え？　なに？　ちょ、女に抱きしめられる趣味とかないんですけど！」

「うるっさい！」

抵抗する魅音を、あえて力ずくで抱きしめつづける。

「ずるかろうとなんだろうと、わたしはつぐ兄が好きなの。野々原さんは、相手が誰でもいい時点でわたしには勝てないわよ！　愛してくれる誰かじゃなくて、ちゃんと好きな相手にしっぽを振りなさいよ。わたしより年上のくせに、そんなこともわかんないの!?」

——だけど、きっと野々原さんは、やっぱりつぐ兄のことを好きだったんだと思う。条件で選んだようなことを言っていたって、つぐ兄のそばにいて好きにならずにいられるはずがないもの。つぐ兄は、そういうひとなんだもの。

「なによ、夏見サンだって、偶然つぐみサンと出会ったから好きになっただけでしょ!?　レンアイなんて、ただのタイミングだもん！　つぐみサンがもし、今よりもっとブサイクで、頭だってツルツルに剃ってて、建築士として有名じゃなくても同じ気持ちでいられるの？」

「ハ、そんなの当たり前でしょ。つぐ兄はつぐ兄よ。外見や職業なんかに左右されるほど、こちとら初恋こじらせちゃいないのよ！」

できることなら、髪は剃っていただきたいくらいである。そうなれば、少しは継深の魅力も低下しそうだ。外見に釣られて寄ってきた女に嫉妬するのもラクではない。

建築士として名を馳せたことだって、明日香からすれば「つぐ兄の努力が認められてよかった」程度のものなのだ。そもそも知り合ったころ、彼はなんの地位も名誉も持たない高校生だったのだから。

「……夏見サン、初恋ってコトは、もしかして二十歳にもなって処女なの？」

「わ、悪い？」

「…………初恋こじらせすぎてて、ちょっとキモイ」

マスカラが落ちないよう、慎重に涙を拭った魅音が小さく笑う。

「キモくて悪かったわね！」

「ほんと、キモすぎだから！　ありえないからー」

何がどう転がったものか、魅音は顔をしかめながらも楽しそうな声で笑っている。

強敵と書いて『とも』と読む気はなかったけれど、もしかしたらそういう選択肢も消えてはいなかったのだろうか。

「でもでも、ちょーっとだけうらやましいかな。だって、初めての相手がつぐみサンになるってコトでしょ。そんなの絶対幸せなエッチできるしー」

「ちょっと！　勝手に想像しないで！」

「想像するくらい魅音の自由ですー。もんもんー」

初めて会ったときと同じ、謎の擬音語を文末につけて、魅音がまだ少し赤い目で明日香を見つめてくる。だが、もんもんは妄想時の擬音としてどうなのか。

肉食系マルチーズ女子、またの名を恋敵、その実けっこうアツいところのある、恋愛理想家・野々原魅音。

「てコトで、今度、幸せおすそ分けして？」

「遠慮します」

「なんでよ！　年長者には敬意を払えー。つぐみサンの知り合いの温厚そうなイケメン紹介してして！」

「絶対ヤダ……ってか、痛い痛い！　わたし、怪我人なんだから、そんなに力強く抱きしめ返さないでよ、魅音ちゃん」

ぎゅうぎゅうとお互いを抱きしめあってふざけていると、今さら傷が痛みはじめる。

どさくさに紛れて呼び方を変えてみたが、相手もそれに気づいたのか、

「そっちが先に仕掛けてきたんでしょ、明日香チャン！」

と返してきた。

ひとしきり、そんなやりとりを続けたふたりがそれぞれ我に返ったのは、二分後。きっかけは、控えめなノックの音だった。

「はーい」

返事をしながら、そういえばお母さんがお茶を準備すると言っていたな、なんて思い出

す。平日の日中、夏見家にいるのは母親のみである。ノックしてきたのは当然――。

「し、失礼します……」

しかしながら、夏見家の常識を覆してアイスティーのグラスを運んできたのは、誰でもない五条袈裟姿の菅生継深だった。

「つぐ兄!?」

「つぐみサン!!」

抱き合う女性ふたりを前にし、継深はきまりが悪いとでも言いたげに曖昧な笑みを浮かべる。

「ど、どうしてつぐ兄がいるの!?」

彼が家を訪問してくれるのは嬉しい。自分に会いに来てくれたのなら、なお喜ばしい。

だが、それは今このタイミングではなくともよかろう。

「あーちゃんのお母さんにごあいさつに来たら、二階に野々原さんも来てるからお茶を持っていけばいいって言われて……」

言われてみれば、たしかにトレイの上にはアイスティーのグラスがみっつ、ストローが三本揺れている。

問題は、いったいいつから彼が明日香の部屋の前にいたのかという一点。だが、かすかに目元を赤らめて視線をそらす様子を見るに、継深はまずい話を聞いていたようだ。

「つぐみサン、明日香チャン、処女らしいですよ。知ってました?」

空気を読まない突然の魅音の発言に、明日香は硬直し、継深は目を瞠る。

「え、いや、それは、その……」

――待て待て、何を言い出すのよ⁉　そして、つぐ兄は魅音ちゃんの前でそんなかわいい顔をしないでくださいっ！

赤面した継深が、困ったようにトレイを持ったまま首を曲げたり傾げたり、助けを求めるように室内のあちらこちらに目を向けた。

「魅音ちゃん、落ち着いて。ね、あの、ちょっとその話は……」

なんとか切り上げてもらおうと口を挟んだ明日香を気にも留めず、魅音は継深を見上げている。

「あっ、その反応は知ってたんですね。だったら、さっさとヤってあげたほうがいいですよぉ～。処女の妄想って、すっごいんですから‼　明日香チャン、けっこういい子だから、ほかの男にとられちゃいますすよ、っと！」

――って、なんでいきなりそういう話に‼

処女の妄想がいかに凄まじいものかは、明日香自身が体感しているから否定しきれないが、少なくとも継深の前では見せずにいたい。いや、断じて見せるべきではない。『清らかなあーちゃん』のイメージが――と思ったものの、よく考えてみれば、すでに嘘をついて彼に純潔を奪ってもらおうなんて作戦がバレているのだ。今さらか。

しかし、そんなことを考えている間にも、言い終わった魅音が抱きついていた明日香を継深に向けて突き飛ばしたから、思考は霧散していく。

「えっ、ちょ、きゃぁっ」

「あーちゃん！」

慌てた継深が両腕を広げ、白檀の香りがする胸に明日香は倒れこんだ。

――こう見えても、昨日交通事故に遭ったばかりなんですけど！

大怪我をしたわけではなくとも、打撲と擦過傷はじゅうぶんに痛い。

「それじゃ、魅音は荷物まとめなきゃいけないから、お寺に戻ります。いいですか、つぐみサン、くれぐれも明日香チャンを大事にしてあげてくださいね！」

小柄なマルチーズ系肉食女子は、台風のように周囲をかき回したかと思うと、開け放したままだった入り口をさっと飛び出していった。

階下で、魅音が明日香の母にあいさつしている声が聞こえる。余計なことを言われなければいいけれど。とはいえ、今の明日香には、どんな顔をして継深に事情を説明すべきかが問題だ。

「……つぐ兄、正直に答えてほしいんだけど……」

誰よりも誠実な彼が正直でなかったことが記憶にないが、ここは決まりきった言い回しが必要な局面だろう。

明日香はごくりとつばを呑んだ。

「どこから聞いていたの？」

「……あーちゃんが、俺の職業が違っていても気持ちは変わらないって言ってくれたあたりから聞いてました。ごめんなさい」

——つまり、あの口調も剣幕も、全部バレてるってわけね……。

今まで継深のなかに積み上げてきた自分がすべて崩れ去る。そんな絶望的な気分をこらえ、おそるおそる顔を上げると、彼は恥ずかしそうに微笑んでいた。

「俺のいないところでも、あーちゃんがそんなふうに俺を好きだって言ってくれて嬉しかった。立ち聞きして申し訳ないって気持ちよりも、あーちゃんに男として愛されてるって実感できて嬉しいなんてダメかな」

クラクラしそうな眩しい笑みを目の当たりにして、明日香は心臓を鷲掴みにされたようなせつなさと愛しさを噛みしめる。

「ダメなわけないわ。どんな仕事をしていても、つぐ兄の本質にはなんら変わりがないんだもの！」

「ありがとう、俺もあーちゃんの知らない一面を見られて嬉しい。もっと、見せて？」

——って、そっちも!?

継深の前ではいつだってお行儀よく、女の子らしく振る舞ってきた。化けの皮がはがれても、彼が明日香を愛してくれるのはありがたいが……。

「あ、あんまり見ないで。わたし、ほんとうはつぐ兄が思うような子じゃないの。ワガママだし、気も強いし、それに……」

「それに？」

少しかがんで、彼は明日香と目の高さを同じくする。

細めた優しい目の下、泣きぼくろが妙に色っぽく見えて心臓が跳ねた。彼にそんなつもりはなくとも、いつだって継深はどこか艶やかな色香を放つ。あるいは、白檀の香りがそう思わせるのだろうか。

「それに、いい子やめるなんて言ったけど、最初からいい子なんかじゃなくて、つぐ兄の前では一生懸命取り繕ってきただけなの」

大きな手が、ぽんぽんと明日香の頭を撫でた。

本性を隠していたことで、少なからず驚かれるだろうと思っていたのに、継深の表情にはわずかな乱れも見つからない。

それどころか、いつにもまして優しい笑顔が向けられている。

「誰だってそうだよ。俺だって、あーちゃんの前ではいいお兄さんぶってきた。あーちゃんに幻滅されたくないから、精一杯取り繕ってたんだ」

「そうじゃなくて……」

反論しようとした唇が、キスで塞がれた。ちゅっと音を立てる、軽く短いキス。けれど、そのキスで心がじんと熱を帯びる。

「それとも、あーちゃんは俺に幻滅する？　きみのことをひとりの女性として見ていた俺を、『つぐ兄らしくない』って思う？」

「……思わない。だって、つぐ兄がわたしを女性として見てくれるのは嬉しいもの……」

イニシアティブは、すでに継深に奪われた。優しくて誠実な彼を意のままにコントロールしようなんて気持ちは、今の明日香にはない。

――だけど、女の子らしくないわたしでも、つぐ兄は好きでいてくれるの？

ほんとうに大切なことほど聞くのが怖いだなんて知らなかった。

「同じだよ。俺だって、あーちゃんが俺に好かれたいと思ってしてきたことは、嬉しいに決まってる。今、こうしてあーちゃんを抱きしめていられるのも幸せだし、その……好きな子が俺を振り向かせるために恥ずかしいのを我慢して、ああいうことをしようとしてくれたのだってかわいいって思ってる」

その瞳には誠実がにじみ、目尻はかすかに赤らんでいるけれど表情に迷いはない。継深は、優しいだけではなく相手の本質を見る目を持っている。察しが良くて、相手の行動の一歩先で手を差し出す気遣いができる、そんなひと。

「……知っていたのに、知らなかった気がする」

ぽつりと口からこぼれた言葉は、目の前の彼に向けたというよりはひとりごとに近かった。

「うん？　何が？」

当然ながら、継深がちょっと困惑したように首を傾げ、明日香は「なんでもない」と笑う。

──どんなに自分を作ってみたところで、つぐ兄はそんなの全部見ぬいちゃう。わたしはずっと、それを知ってた。知っていたくせに、つぐ兄に好きになってもらえる自分を演出しようとしていた。

彼に認めてもらうためだったのだろうか。あるいは、誰の目から見ても継深にふさわしいと思ってもらいたかったのだろうか。

今となってはどちらでもいいし、どうでもいい。必要なのは、彼を好きだと思うこの気持ちで、彼が好きだと言ってくれる自分自身だ。

「──ところで、俺は怒ってます」

明日香を優しく抱きとめていた継深は、ひどく唐突にそう言った。何に怒っているのかを考えるより早く、明日香の体は抱き上げられた。

「えっ!? あ、あの、つぐ兄?」

「怪我人のあーちゃんが、自分の体を大事にしないことに怒ってる。いい? きみは俺の妹の命の恩人だよ。それだけじゃなく、俺の世界一大切な女性なんだ。もっと自分に優しくしてあげて。退院したばかりなんだから──ね?」

慎重な動きでベッドへ運ばれ、手足だけではなく全身を気遣われたまま、横たえられる。

「でも、擦り傷と打撲以外はたいしたことないのよ」

「だとしても! いい子にしていないと、本堂に呼び出してお説教だよ?」

毛布を胸までかけてくれた継深が、小さな子どもに言うように「めっ!」と軽く睨みつけてきた。

――だから、そんなかわいい表情されると我慢できなくなるのはわたしのほうなんだってば!!

だが、その我慢は不要なのかもしれない。どんな明日香でも好きだと彼は言ってくれている。ならば、心の思うままに行動してみるのもアリか。

「つぐ兄とふたりきりなら、本堂もいいかな。阿弥陀如来さまの前でもキスしてくれる?」

誘う気持ちを笑みに託し、明日香は恋人をじっと見つめる。

「えっ、えっと、それはどうかな」

「してくれなきゃ、わたし嫉妬しちゃう」

「阿弥陀さまに?」

拗ねたそぶりで唇を尖らせ、横たわったまま小さく頷くと、継深の頬が赤く染まった。

「……キスだけじゃなくてもいいけど?」

「あーちゃん!?」

どうしようもないほど、彼が愛しい。

心のままに行動するだなんて、継深の前では絶対にできないと思っていたが、やってみればなかなか楽しいものだ。

大好きなひとが戸惑い、恥じらい、赤面するほどに愛情がこみ上げる。

──わたし、つぐ兄のテレ顔、ほんと大好きなんだなあ。

感慨深い気持ちに浸っている明日香に、しばし黙りこんで何かを考えていたらしい継深が静かに顔を近づけた。

「……本堂へ行くまで待てないから、今キスしてもいい？」

前髪を左手で軽くよけた継深が、吐息混じりの声で尋ねてくる。

「してくれなきゃイヤです」

目を閉じてから返事をすると、しっとりとふたつの唇が重なった。

明日香に覆いかぶさるように、袈裟が揺らぐ。下唇を甘噛みしては、焦らすようにやんわりと吸う彼のキスに、もどかしさが誘発される。

「……ん……」

もっと彼がほしいと思った。

計画的に誘うのでもなく、既成事実を作りたいのでもなく、ただ彼を感じたい。そんな気持ちになるのは初めてで、明日香は自分が恥ずかしくなる。

「……どうしたの？」

息をとめて身を固くする彼女に、継深が少しだけ不思議そうに、けれど優しい声音で問いかけてきた。

「どうもしな……、ん、んっ……」

答え終わる前に、キスの続きが彼女の唇に降ってくる。嘘つきな唇を罰するつもりなのかと思ったが、そうではない。ひたすらに愛情に満ちた、甘いくちづけ。

「ウソ。あーちゃん、ほんとうは何か言いたいことがあるんでしょう?」

わずかに唇を離すも、開閉するたび互いの唇がかすめる距離で、継深が確信的に尋ねてくる。

そらすことも許されないほど近くで、じっと見つめてくる瞳に、明日香の戸惑う表情が映しだされていた。

——こんなつぐ兄、知らない。わたしの知らない、オトコの顔してる……。

同時に、自分も女の顔をしていることなど、この局面で明日香が気づくはずもない。強がったところで経験値の低い処女である。

「だって、恥ずかしくないよ。言って?」

「恥ずかしい……」

上唇にかすめるだけのキス、もどかしさにのどを反らすと今度は頬に、そしてまた触れるだけのキスが唇に落ちてきた。

「ね、言って、あーちゃん」

焦らされているのだろうか。そう思ってから、明日香はシーツを握りしめる。

だが、焦らされているのはどちらなのか。

せつなげな吐息をこぼす継深は、明日香を焦らしているというより、彼自身がお預けを食らったように何かを欲して見える。

「や……、そんな、しないで……」

包帯を巻いた右腕で顔を隠しても、継深がすぐに彼女の手をどけてしまう。さらに唇に与えられるのは、互いの心の先端だけをつつくようなもどかしいキス。

「そんなって、どんな……？　ねえ、あーちゃん。……明日香、ちゃん……？」

上唇を食《は》まれ、腰がびくんと跳ねるのをとめられない。

――もっとして。もっと、もっとつぐ兄を感じたい……。

「明日香って、もう一度呼んで？」

左手に指を絡めてつながれた継深の右手が、枕の脇でぎゅっと力を込めてくる。

「明日香ちゃん？」

ぞわり、と背筋が疼いた。

名前を呼ばれただけだというのに、腰の奥が甘く濡れていくのがわかる。

互いの関係性が変わっていくのを感じながら、こうしてほんとうの恋人同士になっていくんだと実感していると、つないだ手の甲にキスされた。

「あ……っ……」

ついばむだけの唇は、ひどく官能的に明日香を煽っていく。薄くやわらかな肌の上で、幾度も位置を変えては継深の唇が躍った。

「もっと、って言ってくれないの？」

熱っぽい声で、彼が問う。

「も、もっと……」

「……明日香」

耳殻に触れるすれすれの距離で呼ばれる名前は、生まれてこの方二十年馴染んだ響きだというのに、まるで初めて耳にする単語に思えてくる。

珍しい名前でもなければ、目新しい名前でもない。好きでも嫌いでもなかった、記号としての自分の名前。それが『愛してる』と同義に聞こえる気がして、喉元が震えた。

「ダメ……、足りないの、もっとキスして、つぐ兄……」

彼の手を握り返し、明日香は愛を乞う。言葉だけでは足りなくて、体ごと愛されたい。

「やっとキスしてって言ってくれた。焦らすのって、こっちもけっこう焦らされるんだね」

ふわりと微笑んだ彼は、意図的に焦らしていたことを告白すると前髪をかき上げて睫毛を伏せる。目の下に落ちた睫毛の影が泣きぼくろにかかると、いっそう継深が色っぽく見えた。

「ん……、ん、っ……、ふ……」

待ち望んだ舌先が、明日香の唇を割る。互いに焦がれ、求めていたのか、今までにない充足感が胸の奥に広がった。

——もっと、もっと、おかしくなるくらい、つぐ兄だけを感じたい。

自分から舌を絡めて、明日香は右手で袈裟をきゅっとつかむ。

けれど継深は唇を離し、物足りなさに喘ぎそうな明日香の瞳をじっと見つめてきた。

「ね……、俺の名前も呼んでくれる？」

「つぐ兄？」

反射的にいつもどおり呼びかけてから、彼の意図が違うことに気づいたが、気恥ずかしさに胸が大きく鼓動を打つ。

「そうじゃなくて……、名前で、呼んで……」

明日香の髪をよけ、彼は耳の下に唇を這わせた。ぞくりと首筋が震える。触れられてもいないのに、胸の先端が痛いほどに硬くなっているのを感じた。

「あーちゃんがつぐ兄って呼ぶたび、なんかイケナイことをしてる気がするんだ。だから……名前で呼んでほしいな」

甘える声がかわいくて、それなのに鎖骨へと移動していく唇がひどく淫靡で、せつなさに心が疼く。

彼も同じなのだろうか。こんな気持ちを共有しているのだろうか。そう思うと、いっそう愛しさがこみ上げた。

「……継深……」

三文字の発音でしかないのに、緊張で声が震える。

たった三文字、だがその三文字は世界でいちばん愛おしい三文字。ずっと好きだったひとの名前だ。

「う……わ、ダメだ、これ、ヤバイ……」

唐突に顔を上げ、継深が左手で目元を覆う。

「え、つぐ兄……?」

「ちょっと今、こっち見ないで。俺、絶対恥ずかしい顔してるから!」

指の隙間から覗く頬は、のぼせたのかと思うくらい真っ赤になっていた。切羽詰まった声も、薄く汗をかいたひたいも、たまらなく思えてくる。

——わたしに名前を呼ばれるだけで、そんなに興奮しちゃうの?

体を起こした彼の袈裟をまだつかんだまま、明日香は小さく息を吸った。

「や……、見せて、つぐ兄」

「ダメ。ちょっとだけ待ってて。深呼吸するから、ね」

落ち着かせてなるものか。瞬時にそんな気持ちが湧き上がる。

「イヤ、見せてほしいの。お願い……継深」

つないだ指に力を込めると、逃げ出そうとしていた彼の指が戸惑いにわななないた。逃がさないし、もっと追い詰めたい。そして、恥じらう顔を見たいのだ。

「だ……っ、だから、呼ばれると嬉しすぎて……! 歯止めが利きません!!」

目元を覆った手をちらりとずらして、継深が右目だけで明日香に懇願する。泣きぼくろの周囲まで赤くなっているので、赤面というより泣くのを我慢しているようにさえ見えてきた。

「継深が呼んでって言ったのに？」

——困ってるつぐ兄が最強にかわいすぎる！

わざともう一度彼の名を呼ぶと、継深は大きく息を吸う。これ以上照れたら、どんな表情を見せてくれるのか。こらえきれず、顔を覆う手を引きはがしたくなる。

「……そんなかわいいイジワルされたら、俺だって反撃するよ？」

だが、明日香が行動に出るより早く、継深が前髪をかき上げた。困ったような、苦しいような、得も言われぬ表情。

「どんな反撃……？」

尋ねながら、なぜか反撃されたくて仕方ない気持ちになるのだからどうしようもない。彼が与えてくれるものなら、毒でも喜んで飲み干してしまいそうだ。

「って、どうして期待した目で見るの、あーちゃん！」

「だって、つぐ兄にならら何をされてもいいもの」

「〜〜〜っっ、そういうセリフを男に言うのは危険だからね。絶対に相手は勘違いするから」

「つぐ兄にしか言わない。だから、早く反撃して……？」

昼日中、一階には母親がいるとわかっていても、昨日事故に遭ったばかりで両手両足に包帯を巻いていても、明日香にはとめられない欲望がある。

殊《こと》、継深に関する場合、自分がいかにバカになるかなど、誰よりも明日香自身が知っていた。

「だったら、まずは怪我を治して。反撃はそれまでお預け。いい？」

ふうぅ、と長い息を吐いた継深は、ベッドの脇に立つと着物の乱れを軽く整える。

「ふふっ、反撃なのにお預けだなんてヘンなつぐ兄。だけど、楽しみにしてる」

「ああ、もう！　反撃されるのを楽しみにしたりしないの！　それと……俺のほうが楽しみにしてるから。あーちゃん、きっとわかってないけど、絶対に絶っっ対に俺のほうがヤバイんだからね！」

びしっと右手の人差指を明日香につきつけて宣言すると、継深は「えっと、じゃあ今日はあまり長居してもアレなので……」と部屋を出ていこうとする。

二十六歳にして、こんなにかわいい捨て台詞を吐く男のどのあたりがヤバイのか、いっそ今すぐ知りたいくらいだが、ここは明日香もおとなしく頷くことにした。

ベッドの上に起き上がると、黒髪をさらりと揺らして彼女は微笑む。

「うん、ヤバイくらい愛してくれるの、楽しみにしてる♡」

――だから、すっごいケダモノになってわたしを奪いにきてね？

「っっ……ぜ、善処します……っ！」

それから毎日、少しでも早く傷が治るよう、亜鉛とビタミンB群とビタミンA、ビタミンEにビタミンCのサプリメントを明日香が摂取したのは言うまでもない。

♪。+.゜.+。♪。+.゜.+。♪


「うん、傷もキレイに治りましたね。まだうっすらと赤みがあるけれど、夏見さんは若いから半年と経たずに元どおりになると思いますよ」

かさぶたがすべてはがれた翌日、明日香は事故後に一晩だけ入院した病院へ出向き、医師に傷を確認してもらった。

明日香自身は、多少の傷痕が残ったところで気にしないが、元どおりになると聞けば継深は心底安堵するに違いない。

——これでやっと、つぐ兄と結ばれることができる！

思わずにやつきそうな頰を引きしめ、明日香はいつものよそ行きスマイルで医師に礼を言って診察室を出た。

会計を済ませて自宅へ帰る道すがら、彼女の頭のなかではものすごい勢いで初体験に向けての思案が繰り広げられる。考えてみれば、ひっくり返ったカエルのようなポーズでなくとも、かつて人類が二足歩行を始める以前の原始的な結合姿勢というものもあるではないか。愛のケダモノと化すために、あえてその格好で和合を営もう、と提案するのは——。

「とりあえずメールかな？」

バッグから取りだしたスマホのメール作成画面を眺め、知らず口元が緩んでしまう。

継深は怪我が治るまでお預けと言ったのだから、病院で太鼓判を押されたからにはあの続きを迫る権利を得たということだ。

『大好きなつぐ兄、こんにちは。無事、お医者さんから怪我が治ったと言われました。傷痕もしばらくすれば元どおりになりそうです。今夜、お部屋におじゃましてもいいですか？　レッスンの仕上げをお願いしたいです』

三度読み返してから、送信ボタンをタップする。

住職と麻美が帰ってきているから、さすがに継深の部屋で事に及ぶつもりはない。だが、もう一度あの部屋で会いたいと思った。

ウソまみれのレッスン初回、ふたりでもつれこんだベッド、欲望に流されるのを懸命にこらえていた彼の得も言われぬテレ顔を思い出すと、明日香はとてつもない高揚感を覚える。

皆が寝静まったあとにこっそり部屋へ入れてもらい、ひとしきりイチャイチャしてから継深の車でホテルへ移動というのも悪くない。むしろいいに決まっている、と明日香はお上品な顔立ちに似合わぬ鼻息の荒さで拳を握る。

——よーし、そうと決まればさっさと帰ってシャワー浴びて、先週買ってきた新しい下着にお気に入りのワンピと……。

気づけば季節は晩秋へ移り変わり、家々に植えられた庭の木も葉を落としている。アスファルトには静かに秋が冷気を揺らがせ、上空は空が遠く高く広がっていた。

去年の自分なら信じられまい。憧れ、夢見ていたとはいえ、継深の恋人となり初体験の準備に余念がない状況など、ただの妄想でしかなかった。

それが今は、夢オチでもなければ脳内で展開する寂しいセカイでもなく、現実に恋愛モードが発動中なのである。

――生まれてきてよかった。ここまで二十年生きてきてよかった。お父さんお母さんありがとう！　おじいちゃんおばあちゃん先祖代々皆々さま、あなたたちのおかげで、わたしは幸せです！　今夜、阿弥陀如来さまのご加護をもって、明日香は処女をぶち破られてきます!!

本性を現したからといって、さすがに継深には明かせない感謝と邪念に酔いしれながら歩く住宅街からは、遠く紅葉した秋の山までが見通せる。今にもスキップでもしそうな軽い足取りで、明日香はにやつきそうな頰を引き締めながら歩いた。

「――あすかちゃん！」

家の近くまで来たとき、夏見家の玄関前で小さな人影がふたつ、明日香に向かって手を振ってきた。正確には片方が手を振り、もう一方は壁にランドセルを押しつけて寄りかかっている。

「しいくん、りまちゃん、おかえりなさい」

「ただいまー、あすかちゃん！」

「おうちに帰ってないのにおかえりなんて、ヘンなあすかちゃん」

静麻と莉麻の双子は、明日香が駆け寄ると彼女の両脇にやってきて左右の手をそれぞれ握った。

「一緒にお寺にかえろ？」

夏見家の前を通り過ぎ、双子の足は千永寺へ向かっている。明日香の家はここなのだから、帰るというのは何か違うのだが、いずれは継深の住むあの家に帰れるようになりたい。そんな気持ちで、明日香はにっこり微笑んだ。

「あのね、今日はあすかちゃんにありがとうのパーティをするの」

静麻は満面の笑みで明日香を見上げて話しはじめる。

「ありがとうのパーティ？」

「そうだよ。あすかちゃんがいてくれたから、ぼくもりまちゃんもお母さんがいなくてもさびしくなかったんだ」

ぴょんぴょんと跳びはねる静麻の手を、明日香は慌てて強く握った。この調子で浮かれていては、住宅地の狭い道路を車が通ったときに危ない。

――さすがにわたしだって、あんな幸運が二度も続くとは思ってないわよ。

今夜こそ、継深と心も体も結ばれたいと願っているのに、またも事故に遭うのはごめんだ。

「しずま、そんなにはしゃいでいたら、車にひかれるよ！　あすかちゃんがケガしたら、おにいちゃんがまた泣いちゃうでしょ！」

静麻を注意しようとした矢先、反対の手を握る莉麻が片割れを叱りつける。双子なのだから当然静麻と莉麻は同い年だ。しかし、年齢より幼い印象のある静麻と比べると、しっかり者の莉麻はずいぶん大人びている。

「ごめんなさい、りまちゃん、あすかちゃん。ぼく、うれしかったの」

さて、何か大事なことをスルーしてしまった気がして、明日香は静麻に頷きながら先ほどの莉麻の発言を脳内で思い起こす。

はしゃいだら車に轢かれる、明日香が怪我をする、継深がまた泣く。

「えっ⁉」

つい足をとめて、明日香は大きな声をあげた。彼女らしくもない大声だが、彼女らしく継深にまつわる出来事での驚愕。

そんな明日香を見上げて、両側の双子が首を傾げた。

「あすかちゃん、どうかしたの？」

莉麻が心配そうに尋ねてくる。以前ならばもっとこまっしゃくれた印象だったが、事故があってから少し態度が変わってきていた。今も、もしかして事故の後遺症で明日香に何かが起こったと思ってるのかもしれない。

「おなかへっちゃった？　おうち帰ったら、お母さんがからあげ作ってまってるよ！」

対照的に楽観的なのは静麻。普段ならば、静麻のほうが怖がりで心配性だが、今の彼には麻美の作るからあげという神器が味方している。

――ああ、もう！　しいくんもりまちゃんもかわいすぎる～!!　ＴＨＥ★天使♡

緩む頬を我慢する必要もあるまい。明日香は満面の笑みで莉麻と静麻に交互に微笑みかけ、ふたりの手をきゅっと握った。

「そうなの、明日香ちゃんおなか減っちゃった！　今夜はからあげを楽しみに、も一っとおなかを空かせておかなくちゃね。三人で走って帰ったら、もっともっとおなかがぺこぺこになるかな？」

手をつないでいれば、子どもたちが車道に飛び出す心配もないだろう。そう考えて明日香が提案すると、莉麻が慌てた顔で口を開く。

「ダメよ、あすかちゃん！　先におうちに連絡しないと、あすかちゃんのおかあさんが心配するわよ！」

「あっ……」

正直なところ、母への連絡は後回しでもどうにかなるが、継深には先ほど甘いお誘いのメールをしたばかりだ。今夜、彼の部屋へ行っていいかと尋ねたのに、返事も待たず菅生家で夕飯を食べていたら、継深はどう思うだろう。

——とりあえずメールを……って、両手ふさがってるんだけど！　ああ、千永寺についてからでもだいじょうぶかしら？　今日はつぐ兄、デザイン事務所のほうにいるのよね。

「しっかりしてよね、あすかちゃん？」

こまっしゃくれた——もとい、年齢より大人びた莉麻（小学一年生）に考えなしを指摘され、明日香（二十歳!!）は浮かれていた自分を少しだけ恥じらう。

「そうね、りまちゃんの言うとおりだわ。じゃあ、千永寺についたらすぐ電話しなくっちゃ！」

先に継深にメールかLINEで連絡をして、それから母に電話だ。この時間ならば、まだ夏見家では夕飯の支度はしていない。そして継深も帰宅していないはず。

「じゃあ、みんなでかえろう〜」

嬉しそうにつないだ手を大きく振って、静麻が自作らしい歌を口遊《くちずさ》む。

「おとうさんは〜おしりがいたい〜♪　おかあさんは〜あたまがいたい〜♪　ぼくはきょうもにんじんがきらい〜♪」

「もう、しいくんたら。そんなこと言ってると、お父さんに叱られるんじゃない？」

「だって、おとうさんはおしりを『しゅじゅちゅ』したんだよ！」

「しずま、『しゅじゅちゅ』じゃないよ。『しゅずつ』だよ」

どちらも言えていないあたり、思わず抱きしめたくなるほどかわいらしい双子に挟まれて、明日香は空を仰いだ。

秋風がたなびき、遠くの色づいた山々に雲がうっすらとかかる。太陽は次第に傾いていくけれど、まだ明るい秋の午後。

幸せすぎて怖いとは、こういうことだ。ひっくり返ったカエルのポーズで初体験を迎えるかもしれない不安もなんのその、愛するひとに愛され、愛するひとの家族との関係も良好。明日香の前途は輝いている。

しいて言うなら、問題は着替えをするタイミングを失ったことだけだった。

♪。+.。+゜♪。+.。+゜♪


寺の食事風景といえば、一般的には精進料理のようなものを食べていると思われるのだろうか。あるいは逆に、生臭坊主が肉や魚を貪りながら酒を呑む姿を思い描く人もいるのかもしれない。

だが、千永寺はそのどちらでもない。

「ほら、しいくん、こうやってレタスで唐揚げとお野菜を包めば、にんじんも食べられるよ」

「ううー、ぼく、がんばる！」

野菜嫌いの静麻に、麻美が食べやすく工夫したレタス巻きを差し出す。

「莉麻、鶏皮ばかり選ばず肉の部分も食べなさい」

「だって皮にはコラーゲンがたくさんなのよ。美人になるにはコラーゲンだっておとうさん知らないの？」

齢七歳にして美にこだわる莉麻に、住職の継善が苦笑した。

八人掛けの大きなダイニングテーブルに並んだ料理は、三種の豆と生野菜のサラダに、大皿いっぱいの唐揚げ、甘酢をかけた中華風肉団子、自家製のぬか漬け、わかめと筍の味噌汁、そしてつやつやの炊きたてごはん。デザートには麻美特製のアップルパイもあるというから楽しみだ。

「明日香ちゃん、食べて食べて。この肉団子、クワイがしゃくしゃくしておいしいのよ」

「はい、いただきます」

こうして見ていると、ここが庫裏で彼らが寺の住職とその家族だということも忘れそうになる。継善が略肩衣姿でなければ、誰も気づかないに違いない。

「ところで継深はまだ帰ってこないのか。今夜は明日香ちゃんが来てるというのにな」

手術したばかりの臀部を気遣ってか、低反発の円座クッションを尻の下に敷いた継善が、壁の時計を見上げて誰に尋ねるともなしに呟いた。

「きっとお仕事が忙しいんですよ。あなたの代わりにずっとお寺にいてくれたんだから。それに、イタリアからお客さまが来ているって……」

麻美がレタスの葉にサラダと唐揚げを巻きながら、「ねえ?」と明日香に同意を求めてくる。

「……イタリアから、お客さまですか?」

だが、そんな話は初耳だ。最近では頻繁にLINEでやりとりをしている魅音からも聞いていない。

「そうなの、つぐみくんに依頼したいって、イタリアの日本人の大富豪の夫人が来てるらしいのよ」

すごいでしょ？　と目で語りかけてくる麻美だが、その横で継善はなぜか渋い顔をしている。住職としては、やはり息子にはそろそろ寺の仕事に本腰を入れてもらいたいのだろうか。

だが何より、すべてを『〜の〜の』とつないだ麻美の説明が難解で、イタリアからの客の属性が理解できない。

「えーと、イタリア系日本人の……？」

「違う違う、イタリアに住んでいるけれど、もともとは日本の方らしいわ。旦那さんがイタリア人で、すっごいお金持ちなんですって！」

「食事中に、下品な話はやめなさい、母さん」

継善はカラになった茶碗を麻美に差し出し、その話を打ち切った。

「あら、下品だった？　だって昨日の夜、つぐみくんとあなたが話してたことじゃないの。ごはん、大盛り？」

「ああ、大盛りで」

いそいそと立ち上がった麻美がキッチンへ向かうと、継善は小さく息を吸って明日香をまっすぐ見つめてくる。

「……？　どうかしましたか？」

「いやね、明日香ちゃん。その客というのがアレの高校の同級生でな……」

アレというのは継深で間違いないだろう。

麻美が席を立ったとはいえ、双子はテーブルについている。継善がここまで言葉を濁すということはもしや……。

――つぐ兄の元カノとか⁉

いや、だとしたら明日香に何も言わない継深ではない。彼は誠実な青年だ。かつての恋人と仕事をするならば、きっと明日香に一言あるはず。そう信じたい。信じたいけれど――動揺のため何やら自信を喪失しかけてきた。

話の続きを待っている間が、やけに長く感じられる。一秒が一分にも思えるほど引き延ばされ、脳内ではイヤな想像ばかりが渦を巻く。

とはいえ心中穏やかではないものの、長年培ってきた笑顔の仮面はそう容易くはがれないようにできている。

しかし、待てども続きを口にしない継善に、明日香は自分から話を振ってみた。

「もしかして、昔、親しくされていた女性なんですか？」

「まあ、そういう言い方もできる。とにかく……」

まだ何か言いたげな継善だったが、そこに麻美がおかわりのごはんを持って戻ってきた。

一杯目に輪をかけた大盛り具合に、思わず明日香は目を瞠る。

「お、おい、母さん、そのごはんの山はさすがに……」

驚いたのは明日香だけではなかったらしい。継善が困惑の声をあげる。

「たーくさん食べて、早く元気にならなくちゃ。明日香ちゃんは若いから、もう治ったでしょう？　なのにあなたったら、まだ傷が治らないんですもの。さあ、お肉もお野菜もモリモリ食べてくださいね」

若くかわいらしい後妻にそう言われては、継善も逆らえないのだろう。手にした茶碗をしばし眺め、次の瞬間、意を決したように大口を開けて食事を再開する。

「おとうさん、いっぱい食べて、早くおしりよくなるといいね。ぼくのにんじんあげる？」

「しずま、ごはんのときにおしりの話をするなんてブスイよ！」

「ごめんなさい、りまちゃん。でもブスイって、りまちゃんはブスじゃないよ？　学校でいちばんかわいいもん」

言いながら、静麻はこっそりにんじんを皿によけた。無粋の意味がわからないのは、小学一年生にしては当然だろう。莉麻が大人びているのだ。

「あっ、あたりまえでしょ、そんなこと……」

いつも美少女然として振る舞っている莉麻だが、面と向かってかわいいと言われると照れるのか、ツンと顔を横向けて頬を赤らめている。

「あら、あなた、唐揚げもっと食べて。ほら、たーっぷり！」

麻美が継善に唐揚げを取り分けている隙を見計らって、唇を尖らせて照れているのをごまかしていた莉麻が、隣の静麻の皿からにんじんを食べてあげる。それを見た静麻がぱぁっと明るい表情を見せた。

性格は正反対だが、双子はいたって仲が良い。

そんな食事風景に普段ならば心がほっこりするものだが、今の明日香には気になることがある。

——……で、つぐ兄のお客さんのイタリアの富豪の嫁の元カノ話はどうなったの⁉

思わず、麻美の言い方に負けず劣らず修飾語を並列でつないだ女性は、脳内ですでに元カノ確定していた。

気になって仕方がないとはいえ、なかなかにデリケートな話題だ。さすがの明日香も尋ねるタイミングを得られないまま、千永寺の夕飯は続いた。

♪。+.゜.+。♪。+.゜.+。♪

夕食後、留まるべきかいったん帰るべきか悩んでいるうちに継深が帰宅し、そうこうしている間に麻美が夏見家に電話を入れて「今夜は遅くなったので泊まっていただきます」というナイスアシストをしてくれた。

すべての状況が明日香の後押しをしている。そう思い込んでも許されるのではないかと思えてくるのは、何より継深が彼女を見るまなざしに、それまでとは違う特別な甘さが感じられるようになったからだろうか。

お風呂を借りて、麻美が用意してくれた新品のパジャマと下着を身につけると、明日香は少しだけいつもと違う気持ちで菅生家の廊下を歩く。

一階にはリビングのほかに夫婦の寝室があり、明日香に準備された客間はその隣の和室だ。さすがにその部屋でイタすわけにはいかないのだが、さてどこで——と考えつつ、小学生ふたりが眠る二階を見上げる。

——つぐ兄のお部屋っていうのも、まあ、デキなくはない……よね？

とにもかくにも、まずはお風呂を借りたお礼を言わねば。明日香はまだ明かりの灯るリビングの扉を開けて、テレビを見ている継善と麻美に挨拶をする。

「お風呂、ありがとうございました。それに着替えまでお借りしてしまってすみません、麻美さん」

「やだー、ぴったりじゃない！　明日香ちゃん、すらっとしているから丈が足りないんじゃないかと心配だったの」

「そんな……。わたしも、麻美さんみたいにスレンダーじゃないからちょっと心配だったんですよ？」

大きなあくびをして、継善がテレビの前のソファから腰を上げた。

「どれ、明日も早い。先に失礼させてもらうよ」

「あら、もう？　せっかく明日香ちゃんが来てるのに〜」

言いながら、麻美は継善のそばへ走り寄り、さっさとテレビを消す。

「あっ、明日香ちゃん、つぐみくんは今、夕のおつとめに本堂へ行ってるわよ」

くるりと振り返った麻美が、軽くウインクしようとしてぱちぱちと両目を瞬《まばた》いた。彼女はウインクができないのだが、本人はそれでしているつもりらしい。長年のつきあいだから、そのかわいらしい仕草も見慣れている。

「寒かったら、これ、上着使ってね。――もう！　あなた、ちゃんとお風呂に入ってから寝てください。いけませんよ、病院の先生からも傷口を清潔にって……」

前半は明日香にカーディガンを差し出しながら、そして後半は寝室へ向かおうとした継善の法衣の袖口を引っ張りながら、麻美が夫のあとを追いかけていく。

借りたカーディガンを羽織り、明日香はひとりリビングに残されて逡巡した。

おつとめの最中に、本堂へ足を運ぶのはいけないことだろうか。今までの明日香ならば、いい子でいるためにできるだけ継深の邪魔をしない選択肢を選んできた。その結果、読経の声を近くで聞いたことがない。

――麻美さんがああ言ったってことは、お邪魔してもいいって判断してもいいの？

まずは様子見をして、立ち入れない雰囲気だったらそっと去ればいい。こんな時間にひとりで本堂にいる継深をこっそり覗き見るのもオツなものだ。ほかの誰かにとっては無駄でしかないことも、恋する明日香には重要なのである。

「あっ、明日香ちゃん！」

そこに、パタパタとスリッパを鳴らしながら麻美が戻ってきた。

「はい、コレ。魅音から渡してって頼まれていたの。あの子、明日香ちゃんに何か迷惑をかけなかった？　ちょっと独特な子だから……」

差し出されたのは、手のひらから少しはみ出す程度の愛らしいギフトバッグ。なかには薄紙で包装された何かが入っている様子だが、明日香には魅音からプレゼントを受け取る理由がない。

「いえ、魅音ちゃんとは仲良くさせてもらってます。かわいくて、とっても楽しいひとですよね」

ウソではない。ただし、厄介なライバルだったのも事実だ。

「そう？　ならいいんだけど」

それじゃぁおやすみ、と麻美は寝室へ戻っていった。

元ライバルから贈られた中身を確認してから本堂へ向かおう、と早速もらったばかりのプレゼントを開けてみる。そこに入っていたのは――。


夜の冷たい空気を吸うと、心なしか自分の内側が澄み渡る気がする。だが、明日香の胸に宿る期待はどちらかというと清らかなものとは程遠い。

今夜こそキメる！

昭和的な男性の発想に限りなく近い野望を秘めて、彼女は本堂へ近づいた。

木の床を軋ませないよう、つとめて足音を消して歩いていると、堂内からいつもとは違う継深の声が聞こえてくる。

読経は、普通の発声とは異なり、当然ながら会話をするときとは発音のリズムも違うものだ。

幼いころから寺に通っている明日香にすれば、ある意味で馴染んだもの。しかし、継深の読経を間近で聞くのは初めてだからか、鼓膜が震えるたびに心拍数が上がる。

「……光明威相《こうみょういそう》　震動大千《しんどうだいせん》　願我作仏《がんがさぶつ》　斉聖法王《ざいしょうほうおう》　過度生死《かどしょうじ》　靡不解脱《みふげだつ》　布施調意《ふせじょうい》　戒忍《かいにん》
精進《しょうじん》　如是三昧《にょぜさんまい》　智慧為上《ちえいじょう》　吾誓得仏《ごせいとくぶつ》　普行此願《ふぎょうしがん》……」

お夕事《ゆうじ》ではたいてい、正信偈《しょうしんげ》を唱えるものだが、今夜の継深は讃仏偈《さんぶつげ》のようだ。一応、僧侶に恋する身。明日香とて、千永寺の属する宗派にまつわることは多少勉強している。

今夜、讃仏偈でお参りしている理由は時間短縮なのだろう。正信偈に比べて短いお経で、お朝事やお夕事に代用するのは讃仏偈や重誓偈《じゅうせいげ》がメジャーらしい。らしいというのは、明日香が読んだ本にそう書いてあった。ちなみに明日香のiPodには、まったく女子大生らしくないことに正信偈も讃仏偈も重誓偈もそろっている。なんのことはない。入門書的なムックに読経を収録したCDがついていたのだ。

――それにしても、つぐ兄の読経って安定してる……。

「供養一切《くよういっさい》　斯等諸仏《しとうしょぶつ》　不如求道《ふにょぐどう》　堅正不却《けんしょうふきゃく》　譬如恒沙《ひにょごうじゃ》　諸仏世界《しょぶつせかい》　復不可計《ぶふかけ》　無数刹土《むしゅせつど》
……」

入門書《ムック》に書いてあったことによれば、読経にも上手い下手があるという。声の抑揚、発声の調子、一音一音の長さを均等にすることなどが書かれていたが、継深の読経の良し悪しは残念ながらわからない。ただ、彼の人間性そのままというべきか、継深の声は落ち着いた調子で安定した流れを持っていた。

低く甘く、単調でありながら静かな抑揚で紡がれる讃仏偈に、不謹慎とは知りながら心が疼く。唱える継深はどんな表情をしているのだろう。禁欲的な彼の姿をひと目見たい。その思いに負けて、明日香はこっそりと本堂を覗き込んだ。

「……仮令身止《けりょうしんし》　諸苦毒中《しょくどくちゅう》　我行精進《がぎょうしょうじん》　忍終不悔《にんじゅふけ》」

お鐘を一打し、「南無阿弥陀仏《なーまーんだーぶー》」、そしてまた一打ののちに繰り返される南無阿弥陀仏。凛とした法衣の背を見つめて、思わず息をひそめる。略肩衣姿の継深は、洗練された動作でお鐘を打つ以外、ぴくりとも動いていないように見えた。

――どうしよう……。あのひとがわたしの恋人だなんて、かっこ良すぎるんですけど！

僧の読経する様が、一般的に見て魅力的かどうかなんて関係ない。明日香にとって、継深は後ろ姿だけでも美しい。そこに存在するだけで、彼が自分の世界のすべてだと思えるほど、ひたすらに愛しさがこみ上げてくる。

いけないこととは知りながら、読経する継深に抱きつきたいと思った。背後から寄り添い、彼の温度を確かめたくなる。無論、いかな明日香とてそこまでの無作法をするつもりはない。ただ、妄想くらいならば――。

「……あーちゃん、どうしてそんなところに座り込んでいるの？」

不謹慎な妄想に耽っていた彼女の耳に、ひどく唐突に愛しいひとの呼びかけが聞こえてきた。あまりに真剣に妄想しすぎていて（真剣に妄想するというのが人間として正しいかどうかはこの際抜きにして！）讃仏偈が終わっていたことにも気づかなかった。

「つぐ兄の読経を拝聴していたの」

まだ妄想の世界から抜け出せないまま、明日香はふわりと微笑む。黒い法衣の継深は、慌てて彼女の正面にしゃがみこむと、明日香の頬に手を伸ばした。

「いや、拝聴って……。こんなに冷えてまですることじゃないよ。風邪を引いたらどうするの」

「そうしたら、つぐ兄に看病してもらおうかしら」

「〜〜〜っっ、か、看病くらいするけれど、その前に風邪を引かないようにしてください！」

何が彼の心の琴線に触れたのかは不明だが、継深はかすかな動揺に瞳を揺らし、頬を赤らめる。敬語になるのは照れているときや動揺しているときだ。

——いい子をやめる宣言をしたのは、つぐ兄にウソをついたときだったけど、今はもうほんとうのわたしでいいのよね。つぐ兄は、魅音ちゃんと怒鳴りあっていたわたしを見ても、全部受け入れるって……。

清らかで穢れなき彼を前に、阿弥陀如来さまには隠しておきたくなる劣情を秘めた明日香は、上目遣いで唇を開いた。

「……だったら、あっためて？　お風呂あがりなの、わたし」

ブラジャーもつけてないのよ、とはさすがに言わなかったあたりが処女の恥じらいである。と明日香は思っているが、継深がそんな本音を知ったらどれほど赤面してくれるか考えると、言えばよかったかもしれないと悩ましい。

「本堂でこんなこと、良くないよ……」

彼の言葉に、ほんの少し残念な気持ちで明日香は立ち上がろうとした。明らかに、継深は明日香のしていることをよろしくないと言っているのだ。そこを無理に押すつもりはない。ほしくてほしくてたまらない相手を前に、がっついてはいけないのだ。

「だから、少しだけだよ？」

しかし、彼女が立ち上がるより早く、法衣の袖口を翻して継深が明日香を抱き寄せた。

「つ、つぐ兄……？」

香る白檀が、鼻先をくすぐる。ぬくもりが伝わってくると同時に、彼の心音が明日香の内まで響いてきた。

「ねえ、あーちゃん」

「うん？」

「ご本尊さまが見てるところでキスしたいなんて言ったら、罰《ばち》が当たるかな」

明日香の前髪に、かすめるように吐息が触れる。ただ座っていただけの彼女と違い、読経で体が温まっている継深だが、その唇からこぼれた息の熱さはやけに淫靡だった。

「そうしたら、わたしが慰めてあげる。だからキスして？」

「……俺の彼女が魅力的なので抗えません」

冗談めかしてそう言うと、継深は顔を真横に傾けて明日香の唇を塞ぐ。

「…………ん……っ」

触れるだけでは済まない、互いの舌を絡めあう淫らなキス。

それは、求められていると実感できる、濡れて蕩ける愛情の証にも思えた。

「あーちゃんの唇、冷たいね。もっと、温めさせて……」

「あ、つぐ兄、ん、んん……」

パジャマにカーディガンという薄着で抱きしめられていると、継深の体の熱がひどく間近に感じられる。

高鳴る鼓動もはっきりと伝わり、次第に彼の呼吸が乱れていくのは欲情してくれているからとしか思えない。

――えっ、で、でも、いくらなんでもここで初体験はどうなの⁉

まさか継深がそんな行為に及ぶはずもないのだが、執拗に求められる唇が、これはいつものキスではないと体に訴えている。

もっと切実で、もっと積極的で、そしてもっともっとほしくなる、はしたないくらいに甘いくちづけ。

レッスンの仕上げをねだったのは明日香のほうだが、ソノ気になったのは継深も同じだったらしい。

「傷……、ちゃんと消えるんだよね……?」

浅い呼吸の合間に、彼は少し不安げな問いを投げてくる。

「うん、消えちゃうの」

「どうして残念そうなの？」

「だって、消えなかったらそれを理由につぐ兄に結婚を迫れるでしょう？」

目を瞬《しばた》いた彼に、今度は明日香が自分から唇を押しあてた。

「傷のひとつやふたつでつぐ兄のそばにいられるなら、わたしいくらでも怪我を負うわ」

「ちょ、あ、あーちゃん……、んん……っ」

あの子がほしい
あの子じゃわからん
あなたがほしい
あなたがほしい……

キスの仕方は、人間の遺伝子に組み込まれているのだろうか。誰に習ったわけでもないのに、お互いの気持ちよくなるポイントを探る舌先が、情欲を煽っていく。

寄り添う彼の胸にそっと手を当て、心臓の音を手のひらで確認すると、明日香は大胆に指先を下へ向けて這わせた。

「っっ……!?」

継深の体がこわばるのを感じたが、とめるつもりは毛頭ない。ちゃんと確認したいのだ。彼の息遣いや心音だけではなく、アレがソレしていらっしゃるのかどうかを。

「待っ……！　ダメ、いけません！　さすがにこれ以上は、俺が限界！」

強引に明日香の手を引きはがすと、ぜえぜえと肩で息をした継深が真っ赤な顔で訴える。

「こんなことするわたしは嫌い？」

「いや、そういうことじゃなくてね……！」

「だったら……好き？」

彼がかつて自分を小悪魔と称したのを思い出し、明日香は遮られた手を再度愛しいひとの下腹部へ伸ばした。

「あーちゃんのことは大好きだよ。それは何があっても変わらない。だけど、あの、いや、待って！　ちょ、さわっちゃダメだってば！」

指先にかすめたソレは、屹立していらっしゃる。ご本尊さまに申し立てができない程度には見事に。

「我慢しちゃ……イヤなの。レッスンの仕上げ、してってお願いしたでしょ？」

「……ここじゃ、ダメだよ。レッスンの仕上げをするならせめて……」

夜の緞帳《どんちょう》がすっぽりと本堂を包み込んでいた。こんな日に限って、月は見えない。けれど、それでいい。

すっと立ち上がった継深が、明日香に右手を差し出した。

呼吸音も足音も、衣擦れの音さえもひそめて、たどり着いたのは継深の部屋。

さっきまでは大胆に迫る気持ちもあったはずなのに、こうしていざ事に及ばんとなると、明日香にだってそれなりに恥じらう気持ちはある。

何も言わずにカーテンを閉めた継深が、明日香の体を優しく抱きしめた。

「今夜は、俺のこと『つぐ兄』って呼ぶの禁止だよ」

「え……？」

耳に唇が触れて、体がびくんと震える。かすめただけなのに、心の内側に触れられたような錯覚がした。

「俺はあーちゃんの……明日香のお兄ちゃんじゃありません。今から、ちゃんと恋人の時間を過ごすんだから、継深って呼んで……」

思わず顔を上げると、薄闇のなかで継深がじっと明日香を見つめている。その瞳には真摯な愛情が浮かんでいて、彼が本気なのが伝わってきた。

「つ……継深……」

消えそうな声で呼びかけると、返事の代わりにキスがまぶたに落ちてくる。やわらかな唇と、甘い吐息がくすぐったくて、明日香は彼の体にすがりついた。顔を彼の肩口に押しつける。今見られたら、まずい。

「そんなにしがみついてたらキスできないよ？」

――ヤバイ。これは本気でヤバイ！

今まで、いつだって「つぐ兄をオトしてやるんだから！」と気合いを入れてきたものの、未経験の領域に足を踏み入れるのは明日香だって当然緊張する。だが、相手にヤる気がないならば、自力で誘惑するしかなかったのだ。だからこそ、羞恥心をごまかして勝負に挑む気持ちでいられたのに――。

「顔、上げて」

抱きしめられた体が、奥の奥からジンと熱くなる。喉元までせり上がるせつなさに、息が苦しい。

おそるおそる顔を上げると、継深はふわりと微笑んだ。

「好きだよ」

――脳が蕩ける！

彼を見つめる瞳が幸福に揺らぎ、彼の声を聴く耳が甘く震え、彼に触れる体が熱を帯びていく。

「だから、明日香の全部、俺にください」

羽織っていたカーディガンが、ぱさりと音を立てて床に落ちた。心臓が、耳の内側に移動してきたのではないかと思うほど大きく鼓動を響かせる。

「わたしの全部、つ……継深のものだから……」

唇が重なると同時に、体が宙に浮くような浮遊感を覚えた。薄く開いた唇の隙間に入り込んできた彼の舌が、ねっとりと口腔を弄《まさぐ》る。

反らしたのどを優しく指先で撫でられ、明日香はびくびくと背を震わせた。

「あの夜……」

不意に継深は背後のベッドに視線を向けて、何かを思い出した様子で口を開く。

「あーちゃんに押し倒されたとき、俺がどのくらいドキドキしてたか、知らないでしょ？ずっと好きだった子に、ほかの男を感じられるようになるためのレッスンを頼まれる絶望と、あーちゃんに触れられる喜びで、頭のなか、真っ白になった」

彼は明日香の手をとると、静かにベッドへ誘《いざな》った。ふたり並んで腰を下ろし、あの夜と同じに見つめあう。

「だけど、今夜は違うよ。もう途中でやめられない。明日香は、俺の……彼女だから」

妹のような存在だった『あーちゃん』と、恋人の『明日香』をはっきり区別したうえで、継深はもう一度唇を奪った。

キスの合間に、体がゆっくりとベッドに倒される。呼吸するだけで胸が苦しくて、緊張に耳鳴りがしてきた。

——こんなふうになるなんて、信じられない……。

どこかで恋に恋している自覚もあったし、同時に自分の恋愛すらネタにしている感覚も持っていた。明日香は、自分が恋愛に夢中になることはできても、溺れることはできない人間だと高をくくっていたのだ。

「……脱がして、いい？」

唇が触れる距離で囁くと、継深が明日香の返事を待っている。強引に奪ってくれてかまわないのに、彼はいつだって――互いの心を確認したあとでさえも、明日香の意向を尊重しようとしてくれた。

「継深の……す、好きに、して……。わたし、わからないから。どうしたらいいのか、ちゃんと教えて……」

なのに、今はもう自分をコントロールすることもできない。

彼に触れられるだけで心が反応し、全身が硬直する。この恋の主導権は、完全に明日香の手から離れていた。

「そんなかわいいことを言って、俺をどうしたいの、あーちゃ……明日香は！」

いつもなら、ここで上目遣いの笑みを見せることもできた。あるいは意図的にそうすることで、継深を煽りたいとさえ思っていただろう。

「違うの。わたし……、ほんとうにどうしていいかわからないの。ずっと、つぐ兄に初めてをもらってもらう方法ばかり考えていて、そうすれば恋人になれるって思い込んでいたから……。ど、どんな顔をしていればいいのかも、わからない……っ！」

恥ずかしくて、自分が何を言っているのかもわからなくなる。わからないことばかりだ。彼を好きな気持ち以外、何もわからない。

明日香は両手で顔を覆うと、奥歯を噛みしめた。あの夜、継深を押し倒したときならば、服も髪も準備万端だったけれど、今夜は違う。借り物のパジャマで、ブラジャーだってつけていない。ボタンをはずされたら、すぐに肌があらわになってしまう。

「じゃあ、教えてあげる」

そう言った継深が、明日香の両手首をつかんで顔の前からよけた。

「継深って呼んで。それだけでいいよ。明日香に名前呼ばれるだけで、俺……興奮しちゃうんだよ？」

「つ……ぐみ……」

パジャマの上から継深が胸元に顔を埋める。布越しにやわらかな膨らみにキスされて、尖った先端が擦れた。

「んっ……」

声が出そうになり、明日香は慌てて口元を押さえる。両親が寝ているのは階下だが、双子は同じ二階にいるのだ。声が聞こえるかもしれない。

そんな彼女の様子を察したのか、継深が優しく明日香の黒髪を撫でる。

「少しくらいは平気だから。そんなに声を我慢しないで」

「でも……」

目を細めて優しく微笑む彼の、右目の下には小さな泣きぼくろ。明日香は左手を伸ばして、そっとそのほくろに指先で触れた。

「静麻と莉麻はいったん眠ったらなかなか起きない。それに、俺は明日香の声を聞かせてほしい……。ダメ、かな」

泣きぼくろを撫でる指をつかむと、継深はその指先にキスをする。最初はかすめる程度に、そして次第に指を口に含んでねっとりと舌を絡めてきた。

「継深、だ、ダメ……、そんなふうにしちゃ……」

感じているのは指先だけのはずなのに、腰がはしたなく揺れる。もう一方の手でパジャマのボタンをはずしながら、継深がくすっと笑った。

「こんなに感じやすいのに、不感症のフリなんて大変だったね。我慢しないで、感じて……？」

白い胸が夜気にさらされる。前をはだけられたパジャマは、ひどくたよりなく思えた。ツンと尖った先端が彼の目に触れ、いっそうみだりがましく凝ってしまう。

「……かわいい。食べてもいい？」

「ん……、食べて……」

一度、上半身を起こして略肩衣をはずした継深は、右手で髪をかき上げるとゆったりとした動きで明日香の胸元に顔を寄せた。

「好き……、明日香のことが、大好きだよ」

言い終わるが早いか、舌先が屹立した部分をかすめて躍る。ピリッとした電気のような感覚が胸から喉元まで駆け抜け、明日香は息ができなくなった。

「俺のことを好きになってくれてありがとう」

幸せそうに、けれど感情を必死で抑えた小さな声で、継深が言う。次いで、彼は明日香の白い胸にキスを落とした。

――も、もうダメ！　絶対わたし、耐えられなくて死んじゃう！　つぐ兄、かっこよくてかわいくて、それなのにわたしなんかのことを好きとか言って、こんな嬉しそうに胸にキスするなんて……っ!!

躊躇いがちな指先が、やんわりと胸を揉む。裾野から持ち上げ、膨らみを強調したかと思えば、先端に触れるだけのキスをして、継深がせつなげにため息を漏らした。

「……ほんとに、食べちゃうからね。明日香のこと、全部……」

いいの？　と、瞳が問いかけてくる。

ダメなわけがない。むしろ食べていただきたい。それなのに、焦れったい愛撫にさえ敏感に感応する体が恥ずかしくて、声が出なかった。

「イヤならやめるから、ちゃんと言って……？　今なら間に合うよ。俺、きみのこと傷つけたくないんだ。好きだから抱きたいって思うけど、好きだから我慢もできる。だから……」

今も、太腿に継深の昂ぶりが当たっている。彼の気持ちは別として、体は先へ進みたいと言っているに違いない。

――わたし、このひとにほんとうに大事にされてるんだなあ……。

まだ事は始まってもいないのに、明日香は泣きたい気持ちがした。

「我慢、しちゃヤダ」

両腕を広げ、彼の頭をぎゅっと胸に押しつけて抱きしめる。恥ずかしさよりも愛しさのほうがずっと強い。

「ちょ……っ、あ、あーちゃん!?」

「我慢も後悔もしないで。継深は、わたしのことを好きに扱っていいの。だって、そうされたいって願っているのはわたしなんだから」

動揺から、またも『あーちゃん』と呼びかけてきた彼を、あえて名前で呼んで、明日香は想いの丈を伝えようとした。

「痛くして、愛されてるって実感させて？」

「……そこは、優しくしてって言ってほしいな」

緩めた腕のなか、継深が音を立てて胸を吸う。こみ上げるもどかしさが、彼の唇に吸い込まれていく気がした。同時に、もっと満たされたいと腰の奥がうねる。

「ん、っ……」

「もっと……？」

霞む視界、快楽の波に押し流されそうになりながら小さく頷いた明日香に、継深が嬉しそうに目を細めた。

「すごくかわいいよ。素直な明日香が愛しい。もっと俺をほしがって、もっと俺だけのものになって……」

唾液に濡れてはしたなく凝る先端を、今度は指先がきゅっとつまみ上げる。そのまま、人差し指と中指に挟まれて擦られると、どうしようもないくらいに腰が跳ねた。

「ぁ……っ……、ん、つ、ぐみ……っ」

もう一方の胸にむしゃぶりつき、継深が激しく舌先を動かす。声を我慢していても、いやらしい音で誰かが目を覚ますのでは——そんなことを考える余裕は、明日香にはもうない。

右手の甲を口元に当て、なんとか懸命に声を殺す。しかし、予想外に激しく攻めたてられて我慢できなくなる。

唐突に、ちゅぽんと音を立て、胸の先が急に自由になった。あたたかな口腔に包まれていたせいか、唾液に濡れたせいか、空気がひどく冷たく感じる。

「ね……、見て？　俺に吸われて、こんなに硬くなってる。かわいい……、どうしようもないくらいかわいくて、おかしくなりそう。こっちもさわっていい……？」

パジャマのウエスト部分のゴムに指をかけると、継深は明日香の返事を待たずにするすると脱がしはじめた。

「い、いいって言ってないのに、脱がしてる……！」

「あー、それはその……ごめんなさい。だって、もう我慢できないよ。それに、我慢しなくていいって明日香が言ってくれたから……ね？」

言質《げんち》をとられていなくとも、抵抗の意志はない。けれど困ったように微笑まれ、切羽詰まった声音で囁かれて、指先から力が抜けていく。

「は……、恥ずかしい、から……」

内腿をきつく閉じ合わせ、右手で口元を押さえながら言うと、彼女の右手を継深がそっと握った。指と指を絡めて手をつないだ彼は、明日香の手の甲に唇をあてがう。

「じゃあ、ちゃんと確認する。明日香のここ、直接さわってもいいですか？」

彼の左手は明日香の右手とつながれ、もう一方の指先が下着の上から鼠径部をなぞった。

いつも察しがよくて、先回りして気を利かせてくれる継深。言葉で確認をしなくとも、互いに気配りをして過ごしてきた時間が長かったせいか、こうして確認をされることが恥ずかしい。

念押しされている気がしてくる。これは、ただの幼なじみのすることではなく、いつもの関係とは違って、男と女として互いを知る行為なのだと。

羞恥心に鎖骨まで薄赤く染めて、明日香は小さく頷いた。それでも目を閉じることはしなかった。彼を見ていたい。自分に触れるとき、継深はどんな表情を見せるのか。どんな瞳で自分を見ているのか。そのすべてを愛しいと思った。

「……ありがとう」

するりと指先が下着の内側へ入り込む。迷いなく明日香の割れ目をなぞって、中指が幾度か往復を繰り返した。

「っっ……」

焦らす仕草で表面だけに触れておいて、唐突にその指先が柔肉を押し広げる。

すでにしとどに濡れた蜜口を見つけると、継深が淫靡に口角を上げた。

「すごく濡れてる」

かすれた声が耳に届いた瞬間、ぞくりと全身が粟立つ気がした。よく知った優しい彼ではなく、まだ見たことのない男の顔を見せられたような、背筋を這い上がる淫猥な感覚。

「俺を感じてくれてるんだね。嬉しいよ」

「……だ、だって……」

反論のしようもない。継深に触れられながら、さらにその先にある快楽を予期して、体は淫らに熱を帯びたのだ。甘濡れの蜜口は、ひとえに明日香の心を表したにすぎない。

「怖がらないで。だいじょうぶだよ……、明日香」

やわらかな声に応える指先が、きゅっと彼の手を握り返す。名前を呼ばれるだけで、下腹部に甘い痺れが走った。

生まれて二十年、幾人からその名を呼ばれてきたのかなど数えようもないほどだというのに、今まで知り合った誰とも違う、継深の声。

愛しいひとに名を呼ばれると、腰の深いところで何かが疼く。それこそが愛慾であり、希求であり、愛情の成した結果だ。

「あ、ぁ、そこ……っ、待っ……」

普段ならば明日香の下腹部にぴったりくっついている下着が、今は継深の手を受け入れて奇妙な形に盛り上がっている。

もぞもぞと動いた指が、人差し指と薬指で器用に柔肉を左右へ開くと、中心に中指が埋め込まれた。

「っ、あ、うぅ……っ」

体の内側から、くぷりと聞き慣れない音が聞こえる。少し冷たい指先を体内に感じて、明日香は背を反らした。細い腰が浮きかけて、逃げを打つ間も与えられずに、いっそう深くまで指の侵入を受け入れる。

「こんなに濡れてるのに、指一本でもきゅうきゅうになるくらい狭いよ……」

「つぐ、み……」

全身がぶるぶると震えだし、そんな彼女を安心させようとしているのか、継深が頬にキスを落とした。

「もう少し慣らさないと、明日香がつらいから……。ね、怖くない。怖くないから、力を抜いていて」

根本まで埋め込まれた指が、ゆるりと粘膜をなぞって明日香の内部に円を描く。ほんのささやかな動きだというのに、頭のてっぺんまで狂おしさが突き抜ける。

「舌、出してくれる？」

浅い呼吸に喘いでいると、継深が優しく問いかけてきた。もう、何もわからない。彼の言うがまま、明日香は舌を伸ばす。

彼が顔を近づけて、舌先をひらめかせた。敏感な舌の先端から舐め上げられると、腰が跳ねそうになる。けれど、内側に受け入れた彼の指が歯止めをかけた。

「こうしてキスするのと同じだから。怖くないよ。一緒に気持ちよくなりたい……。ん、んん……」

目を伏せる継深が、せつなげな声を漏らしては、明日香の舌先をちろちろと舐める。同時に、足の間で彼の指がひどく淫猥に蠢いた。

――ダメ……！　こんなの、頭がおかしくなりそう……！

舌を出していると呼吸も難易度が上がる。そんな酸欠直前のクラクラした脳内に、下腹部から一定のリズムで快楽が押し寄せた。

「んっ……つ、ぐ……、あ、あ、あっ」

濡れ襞を指腹で弄《いじ》っていた継深が、とんとんと上向きに指先でノックしはじめる。当然ながら、そんなところに扉はない。しかも、最初は同じ場所を突《つ》かれていると思ったが、彼の指は少しずつ位置をずらして、明日香の反応を待っていた。

「やぁ……っ、そ、そこ、ダメ……！」

ひときわ高い声で、明日香が必死に体を捩《よじ》る。

お腹の裏側とでも表現すればいいのか、継深の指が軽くノックするだけで全身が震える箇所があった。

キスを続けることもできないほどの快楽に、白いのどを反らして明日香はベッドの上をずり上がろうとする。

「ここ？」

しかし、つないだ手に力を込めた継深が、逃げる明日香を追いかけた。指先で明日香の感じやすい部分を刺激するのもやめてくれない。

「そこ、イヤ……！　イヤなの、お願い、つぐ、あぁ、んっ……！」

愛撫を緩めてもらえるかと思った明日香だったが、継深は嬉しそうに目を細めるといっそう激しく同じ箇所を攻めたてる。

体の内側に逃げ場はない。どんどん膨れ上がる悦楽が、明日香の腰を揺らすまで時間はかからなかった。

「すごいね……。手のひらまでしたたるほど濡れてきたよ。入り口もきゅうきゅう締まって、指が食いちぎられそう」

言葉の合間にちゅ、ちゅっとキスを混ぜ、継深が蕩けそうに甘い声で囁く。

「あぁ、違……っ、ん、ふ、あぁ、ぅ、……っっん！」

わななく唇がキスで塞がれ、行き場をなくした衝動が血液と一緒に体内を巡っているのではと思うくらい、触れられていないところまではしたなく痙攣してしまう。

最初は指一本でもきつくて、ともすれば痛みに似た感覚があったというのに。

「違わないよ。明日香は、俺の指でイキそうになってる。こんなかわいい表情、初めて見た。もっと見せて……」

濡れそぼった蜜口に二本目の指が挿入される。内側からの圧迫感に、わずかに曲げた膝ががくがくと揺らぐ。

「や、やだ、もう……」

「もう？　まだ、でしょ。せっかくイキかけてるのに、やめていいの？」

彼らしくないイジワルな発言に、明日香はうっと言葉を呑んだ。

自分だけが高められているのが恥ずかしい。指だけではなく、継深自身を感じたい。感じている顔を見られたくない。理由はいくつも挙げられるけれど、もっとも重要なのは別のことだった。

「つぐ兄でイキたいの……。おねが、い……っ、指じゃイヤ、イヤなの……」

懇願する彼女の瞳に、うっすらと浮かぶ涙。この恋を制御《コントロール》できると勘違いしていたころならば、きっとその言葉のひとつひとつが演技でしかなかった。少なくとも明日香はそう思っていた。

けれど、今は違う。

ひたすらに彼がほしくて、ただひたすらに彼に愛されたい。その気持ちに違いはなくとも、意図して紡ぐ言葉と本心からあふれ出る言葉には大きな相違がある。

「〜〜〜〜っっ、だから、つぐ兄って呼んだらダメだって……！　背徳感っていうか！　俺のかわいいあーちゃんを女として見る自分に対して、罪深い気持ちになるんです！」

先ほどまでの焦らしっぷりはどこへやら、継深は顔を真っ赤にしていた。

「それに……そんな嬉しいこと言われたら、つい挿《い》れたくなっちゃうから、ね。慣らしてからじゃないと……」

まだ何か言おうとする唇を、明日香は自分の唇で塞ぐ。言葉よりも、彼の温度で感じたい。愛されていることを――

「あ、あーちゃん……？」

「明日香って呼んでくれるんでしょ？」

パジャマのポケットに手を伸ばし、指先に当たるプラスチック製のパッケージをつかみ出す。

「え、これ……」

いわゆる極薄タイプの避妊具を目の前に差し出され、継深が二度三度と目を瞬《しばた》いた。

「……付け方、教えてくれる？」

これこそが、麻美経由で魅音からもらったプレゼントだ。カードには『まあ、がんばれば？』なんてそっけない、けれど魅音らしいメッセージが添えられていた。

「俺が自分でつけるから！」

半ば悲鳴にも似た声をあげて、継深が避妊具を奪いとる。二十六歳の男性が、こんなに純粋でいいものだろうか。彼に恋してきた十年間、何度思ったかしれない。だが、答えはいつだって同じだ。

――つぐ兄のそういうところが大好き。

「……少しはカッコつけようと思ったのに、ぜんぜんダメだなあ」

明日香に背を向けた継深が、ベッドの縁に腰を下ろしておそらく避妊具を着用している。

その背中が愛しいのも、カッコつけようとがんばってくれたのも、何もしなくたってじゅうぶんカッコイイのも、全部全部、彼に伝えたかった。

「ところで、これ自分で買ってきた……のかな？」

法衣をはだけた継深が、聞いていいものかと逡巡しながら尋ねる姿もたまらない。

「魅音ちゃんがくれたの」

「えっ……ちょ、それってどういう……!?」

「きっと、継深とわたしが幸せになれるようにってプレゼントだと思う」

「……女の子って、けっこう過激だよね……」

振り向いた彼の手に握られたソレも、じゅうぶんに過激な感じで反り返っているのだが、継深は明日香の体がこわばったのを怖がっていると思ったようだ。

「好きだよ、明日香」

「わたしも大好き」

ぽんぽんと頭を撫でられて、黒髪がシーツの上で毛先を揺らす。

以前、ひっくり返ったカエルのようだと思ったポーズも、今では気にならない。カッコ悪い、情けない、どうしようもなくみっともない体勢だろうと、継深とつながるためならいいと思えた。

「目、閉じないでいてほしいんだ」

濡れた間《あわい》をゆるりと劣情で擦りながら、彼は明日香を見つめてくる。

「ん……っ……、でも、恥ずかしいから……」

「目と目を見合わせて愛情をかわすから、目合《まぐわ》いなんだよ。俺と……愛情を、通わせて……?」

ず、とシーツの上で継深が体重をかける位置を変えた音がした。

そして、再度似た音が、ず、ずず、と体の内側から聞こえてくる。

「……っ……あ、あっ……」

彼の情慾の先端が、未踏の隘路に突き立つのがわかった。決して乱暴ではないけれど、その質量は暴力的で。指とはまったく違う存在感を明日香のなかに刻み込もうとしている。

「……ごめん、キツイよね。でも、俺を見てて。俺だけを……見ていて、明日香」

どれほど願ったことだろう。

彼に抱かれたいと、彼のものになりたいと、ウソをついてまで継深を欲していたはずが、いざ処女喪失となると体が震える。

「好き……、大好き、継深……っ」

「うん、俺もだよ。俺も明日香が大好き。ずっと……こうしてきみを抱きたかった……、っは、あ……っ」

半分ほどめり込んだ愛杭が、そこから一気に最奥まで突き上げてきた。瞬間的に全身の毛穴が開き、玉の汗が噴きだす。

「っっ……!」

そのときが来たら、声をあげてしまうかもしれない。彼の家族を起こさないよう、声を殺さなくては。そんなことを、明日香だって考えていたはずだった。だが、最後のひと突きはあまりに唐突で、何かをする余裕などありはしなかった。

声にならない悲鳴を漏らし、明日香は懸命に目を開けている。大好きなひとが、自分を見つめているのだ。彼から目をそらすことも、逃げることもできない。

「ごめん……！　痛いよね、ああ、こんな急に挿《い》れるつもりじゃなかったのに……」

少し焦った表情の継深がかわいらしくて、つい唇が笑みを浮かべてしまう。

痛くないわけはない。苦しくないわけもない。だが、どんな痛苦よりも継深への愛情が勝った。

「わたし、そんなに弱くないの。ずっとこうなりたいって思っていたんだもの。継深の全部を受け入れたかった。愛される権利がほしかった。だから――」

彼の目を真正面から見つめたまま、明日香は小さく唇を動かす。

「――もっと愛して？」

どくん、と心臓が高鳴った。それが自分の鼓動なのか、継深の鼓動なのか判別できない。

「……っ、ほんとうにきみは、俺をおかしくさせる小悪魔だよ」

軽く前髪をかき上げてから、継深が明日香に覆いかぶさる。はだけた法衣がふたり分の汗を吸い、かすかに湿って感じた。

「痛かったら、俺の肩を噛んで。明日香の痛みを一緒に感じるから」

「そんなこと――」

できるわけない、と続ける言葉は虚空に消えた。

継深が腰を引く動きに合わせて、慣れない粘膜が持っていかれそうになる。あまりに密着しすぎた部分は、ほんの少しの動きにも敏感に反応するのだ。

「あ……っ、ん、んン……っ」

苦しげな彼の呼吸が鼓膜をくすぐり、涙の浮かんだ目は天井を見上げたまま、世界をにじませる。

切っ先ぎりぎりまで引きぬかれた情慾が、再度狭隘な内部を抉ると、先ほどまでの痛みとは違い、何か痺れるようなくすぐったいような、ピリピリした感じがあった。

「ごめん、もう……とまれない」

二度三度と奥まで突き上げられたあと、継深が苦しそうな声で告げる。

「謝らないで。その代わり……キスしてくれる？」

明日香が言い終えた直後、嵐のようなキスが彼女の息を奪った。優しい継深らしくない、激しくて情熱的な唇。

そして彼の腰がキスよりもさらに強く深く、明日香の心を穿《うが》っていく。

「……っ、ん、んん……！」

舌を絡めても、楔を打ちつけられるたびに鼻から嬌声が漏れてしまう。どんなに塞ぎあってもこらえきれない。

「……すか、明日香、かわいい……。俺だけの……っ」

キスの角度を変える隙間に、継深の囁きが混ざると、腰が蕩ける気がした。

加速していく愛情も、愉悦に変わりはじめた痛みも、貫かれるたびにふたつの心が融け合う錯覚も、すべてが狂おしいほどに愛しい。

両腕を彼の首にまわし、明日香は懸命に継深の律動に追いつこうとする。慣れない腰を健気に揺らすと、胸の谷間を汗が伝う。

――好きなひととつながるって、こんなに幸せなことなんだ。

幸せすぎて泣きたくなる。重ねた唇と心と体。その何もかもが、愛情を伝えあっていた。

「つぐ、み……、も……、ダメ、わたし……っ」

涙声で訴える彼女の唇をひと舐めして、継深がひたいとひたいをくっつけた。

「俺も……。気持ちよすぎて、すぐイッちゃいそ……」

馴染んだ白檀が、いつもより強く香った。

淫路を往復していた雄槍は、角度を変えて先ほど指で弄られた箇所を擦りはじめる。

「やぁ……っ、そこ、ダメぇ……っ！」

「ダメじゃないよ。イイって、言って……」

はしたなく鼓膜を濡らす蜜音に、脳内まで犯されてしまったのかもしれない。羞恥心の在り処もわからなくなる。

「ね、言って、明日香。気持ちいい……？　ここ、感じるの？」

集中的に感じやすい部分を攻められて、明日香は必死に継深にしがみついた。

「いい……っ、気持ちい、ぃ……っ、もう、もう……」

「もっと?」

「あぁ、ダメ……っ！　そんなにしたら、イッちゃう、あ、あ、ぁっ……」

シーツが波打ち、彼女の全身がこわばる。

その瞬間を迎えようとしているのだと、初めての明日香にもわかるほど、つま先が震えだした。

速度を緩めない継深が、耳元に顔を近づけてくる。かすめる吐息は熱く、彼の限界も近いことを告げていた。

「……俺で、イッてよ」

ひときわ強く、最奥を穿たれる。

「や……っ……」

無意識に腰が跳ね、継深を受け止めようと健気な粘膜が彼の情慾にすがりつく。

「明日香、俺でイって……」

きゅう、と蜜口が狭まった。直後、劣情を咥え込む粘膜がこよなく引き絞られた。

「あぁ、継深、ダメ、ダメぇ……、あ、あ、あぁあぁ――……っっ」

ど、くん。

どくん、どくん、と彼の愛杭が脈を打つ。あるいは、脈打っていたのは明日香のほうなのかもしれない。どちらともつかぬ脈動が、佚楽《いつらく》の果てで体内に響く。

「く……っ、明日香……」

ぎゅううっと抱きしめられた体は、軋むほどの力に息もできなくなった。

「好き、大好き。ずっと…………」

ずっと一緒にいてくれる――？

そう聞こえた気がして、明日香は小さく頷く。ほぼ無意識に。

――ずっと一緒にいてくれなきゃ、イヤだからね、つぐ兄……。

ベッドにしどけなく身を投げだしたまま、明日香は最後の意識を手放した。

最終章　純愛、イキすぎるなかれ

まったくもってピュアラブの極み、またの名を一方通行、つまりは十年来の片思いから抜け出して、初恋の相手と心も体も結ばれた。

明日香にすれば人生におけるトップニュースにほかならないが、それによって世界情勢が変わるわけでもなければ経済危機が回避されるはずもない。つまり、何が起ころうと毎日は平素と変わらず過ぎていく。

初めて結ばれた日から一週間。

大学の帰りに京王井の頭線で渋谷へ出た明日香は、デザインフリークへ向かって歩いていた。

帰りに事務所で待ち合わせをして、たまにはふたりで映画でも観よう——昨晩、継深から電話でデートの誘いがあったのだ。

——二回目の準備はバッチリです！

期待に胸を膨らませ、寄せて上げるブラで物理的にも胸元のボリュームアップをはかり、明日香は約束の場所へ向かっている。

考えてみれば、継深とふたりきりでお出かけなんて今までの人生でも数えるほどしかなかった。先日のDwoocaのパーティとは違い、今日は完全なるデートである。

ワンピースに薄手のコート、おろしたてのブーティで歩く渋谷は、心躍る新世界にさえ思えてきた。冬の訪れを感じさせる冷たい風すら、今の明日香をこごえさせることはできな——。

「ううう、やっぱり、もう少し厚着してきたほうがよかったかもしれない。寒いぃ～」

それほどうまくはいかないのが人生というものである。おそらく。


恵比寿と渋谷の中間地点にある、古びたレンガ造りの雑居ビル。レトロさが逆に味になり、デザイン事務所らしさを感じなくもない。しかし、なかに足を踏み入れれば、外観からイメージするより現代的なエントランスが広がっている。

「こんにちは、失礼しまーす……」

エレベーターをおりて事務所のガラス扉を開けると、手前の応接スペースにいつもの面々がそろっていた。

永太と魅音が並んでソファに腰をかけ、正面の壁にもたれるようにして博也が金髪をわしわしと両手でかきむしった。その隣にゴールドクレストの鉢植えが鎮座している。

白を基調とし、ガラス天板のデスクを並べた事務所は、いつもながら清潔でシンプル、それでいてセンスのよさを感じさせた。

「ああ、明日香ちゃん、こんにちは。今日はツグミと待ち合わせ？」

今日も今日とて、仕事をするための服装とは思えないサロン系で固めた永太が力ない声で尋ねてくる。軽く頷くと、彼は「そう」と遠い目をして応じた。

その隣で心もち以前よりもメイクが薄くなったように見える魅音が、気だるげにネイルを眺めている。彼女もらしくない。いつもなら、すぐに明日香に駆け寄ってきそうなものを。

何かがおかしい。何かが違う。

一言でいえば、三者三様に彼らしくない雰囲気を醸しだしていたのである。

――え、事務所に何かあったの？　それとも、つぐ兄に……？

「あの、どうかされたんですか？」

継深の姿が見えないのは、彼が打ち合わせで外出しているからだと知っていた。今日は新宿で顧客と会う約束があると聞いている。

「どうもこうもないの！　明日香チャン、つぐみサンから何か聞いてないんですか!?　まさか、本気で……」

急に大声を出した魅音を、永太が「まあ、落ち着け」となだめたが、今度は頭を抱えたままの博也が口を開いた。

「ツグミ、引き抜かれるかもしれないんだ。オレらを捨てて、イタリア女の手先になる気なんだ！」

「え……？」

イタリアとは、先日ちらりと継善から耳にした話題とかぶるではないか。だが待て。あれはたしか、イタリアの富豪と結婚した日本人女性の話のはずだ。

――そうそう、それで元カノっぽいのよね……。

「イタリア女じゃありませんよ、高峰サン！　つぐみサンの高校の同級生で、今はイタリアに住んでるってだけ。ていうか、明日香チャンは何か知ってるんじゃないんですか⁉」

博也の情報を訂正した魅音が、永太の手を振りきってソファから立ち上がる。キャンキャン叫ぶ姿は、相変わらずマルチーズっぽいのだが、表情は限りなく般若に近い。

「何かって言われても、仕事のことはあまり聞かないから」

一応、継深の前では本性を垣間見せることにしたものの、彼の職場の同僚を相手にしては体裁を保たねば。そう思った明日香に、仮面をかなぐり捨てた魅音がぐいぐい近づいてきた。

「ああ、もう！　これだから処女はイヤなのよ！」

「今それ関係ある⁉」

処女は卒業したのだが、人前で言ってまわることでもないわけで。

「えっ、明日香ちゃんって……」

「高峰サン、そこでニヤつかない！　近藤サンもちょっと興味ありそうな顔をしない!!」

自分でネタを振っておきながら、魅音は社員ふたりを怒鳴りつけた。

「もういいです。魅音、待ってるだけの女なんてやってられません！」

明日香の右手を引っつかむと、彼女は大股で歩き出そうとする。

「ちょっと待って、魅音ちゃん、どこに行くつもり？」

「そんなの、決まってるでしょ！　近藤サン、車出してください。高峰サンは留守番まかせましたからね！」

なんとも強引なマルチーズの命令に、誰も逆らうことはできなかった。

かくして、明日香は近藤の運転するシルバーメタリックの車に乗って、都庁方面へ向かうことになる。

移動中に継深とすれ違うのが何より心配で、スマホを握りしめたまま、初デートはまだ始まらない。

車内で魅音から聞いた話によれば、継深はクライアントである榊《さかき》という女性と、連日打ち合わせをしているのだという。正直なところ、仕事なのだから打ち合わせに出かけるのはなんらおかしくないと思ったが、魅音が、そして博也と永太までもが懸念する理由は別にあった。

榊女史はイタリアの富豪と結婚して、現在海外でデザイン事務所を経営しているというのだ。

日本に残した両親のために実家の改築をしたいというのが、今回の案件。しかし、榊女史ならばデザインフリークに依頼をせずとも、自前の建築家を連れてくることが財政的にも職業的にも可能なはずである。

「そこを、高校時代の知り合いだからってつぐみサン指名で依頼してくるなんておかしいじゃありませんか！」

一応、永太という先輩社員が同席しているからか、魅音は敬語で話していた。そうはいっても本性丸出しの口調なので、彼女がかぶっていたネコは現在行方不明だ。

「まあ、そりゃね、日本の建築物は日本人の建築家に頼みたいっていうのはわかる。近年人気のある菅生ツグミが知り合いにいるっていうんだから、依頼したくなるのも当然かもしれないけどね。ただ、ツグミが悩んでる様子だったから、ちょっとおかしいなと思って」

「で！　魅音が先日、打ち合わせについていこうとしたんです。そうしたら、断り下手のつぐみサンが全力で断ったんですよ！　しかも電話で話してるの聞こえてきちゃったんですから！　『俺には人を引っ張っていくちからはない』とか、つぐみサン言ってましたもん!!」

つまり話を要約すると、打ち合わせなんて名ばかりで、榊女史は継深を自分の会社にヘッドハンティングしようとしている――らしい。少々腑に落ちないところはあるが、まあ継深に頼りきりのデザインフリークの仲間たちが心配するのも当然か。

——どんなに条件が良くても、つぐ兄が海外に行くとは思えない。だって、将来お寺の改装が必要になるかもしれないからって建築家になっちゃうようなひとなのに？

ヘッドハンティングについての懸念はないが、問題は元カノらしき女性と頻繁に会っていることだ。魅音の話を信じるならば、榊女史はグラマーで大人びた美女だという。

仕事なのだから、かつての恋人という理由で依頼を断るなどできない。まして継深の性格を考えれば、剣呑な別れ方をしたとも考えにくい。相手が困っているなら、喜んで協力するのは目に見えている。

——でも、それならそれで話してほしかった。わたしが心配するのがイヤで黙っていたのかもしれないけど、そんな気遣いをしてほしくない。

西新宿の高層&高級ホテルに到着するころには、明日香もその榊女史をひと目見たい気持ちになっていた。継深をたぶらかす相手は、野放しにしておけまい。

何より、約束の時間を過ぎているのにLINEひとつよこさず、今なお元カノと楽しくお話しているというのなら、今カノとしては怒ってしかるべきだ。

——まあ、つぐ兄が「ごめんね」ってかわいく言ってくれたら、一瞬で許しちゃうんだけど！

「……明日香チャン、顔ゆるんでる。そんな顔で何を妄想してるのか知らないけど、つぐみサンを引き止めるためにがんばってよね！」

車を降りた魅音と明日香は、客を装ってホテルのエントランスへ向かった。一刻も早く、と急かす魅音に押し切られ、永太が車を停めに行っている間にふたりで先行部隊を担うことになったのだ。

さすが、都内でも指折りの高級ホテルと言うべきか、シックでラグジュアリーな茶系で統一されたエントランスには、明日香たちのような客層は見当たらない。ビジネススーツの男性や、海外からのＶＩＰと思しき外国人が多かった。

エントランスを抜けた先にはラウンジが広がっている。百席をゆうに超えると思しきフロアは円形の半地下になっていて、吹き抜けの天井が開放感を感じさせる。中二階部分にはグランドピアノが置かれ、その脇に立った女性がヴァイオリンを演奏していた。

一介の女子大生である明日香は、さすがに場違いに思えて気が引けたが、魅音はそんなことで怯まないらしい。白いテーブルが並ぶラウンジを階段の上から見下ろし、目を皿のようにして継深を探している。

明日香には『つぐ兄発見器』が備わっているので、すぐに彼の姿が見つかった。できれば、ここにいないでほしいと思っていたのに。明日香との約束を忘れ、元カノかもしれない女性とふたりでいる姿など見たくなかった。

「魅音ちゃん、あそこよ」

まだ見つけられずにいる魅音に、そっと指先で継深の居場所を示す。

ふたりの立つ位置からだと、女性の後ろ姿と継深の顔が見えたが、相手はまったくこちらに気づいていないようだ。それもそのはず、今この場に明日香と魅音が駆けつけているなんて思いもよらないだろう。

継深は、真剣な表情で身を乗り出して榊女史の話に聞き入っている。かと思えば、はにかんで髪をかき上げ、うっすらと頬を染めて照れた様子を見せた。

——疑う気持ちはなかったけど……。さすがに、ちょっとソレはダメよ、つぐ兄！　そんなかわいい顔、わたし以外に見せるなんてありえない！

実際、今でも明日香は継深が浮気しているのではないかと疑う気持ちはほとんどなかった。それこそ十年来のつきあいだ。恋人が明日香でなくとも、彼が浮気をするとは到底考えられない。菅生継深とは、誠実の権化である。清廉潔白が服を着て歩いているような男性であり、その心の清らかさは推定で明日香の七億倍を超える。——まあ、これは明日香が勝手に思っているだけだが。

「行くわよ、明日香チャン」

「……え、えっ、ちょ……!?」

小柄な魅音の小さな手が、きゅっと明日香の手を握った。ここまで来たからには、最終的に乗り込むことになろうとは思いつつあったが、なんの作戦もなく突撃するのはあまりに無謀だ。

「ねえ、あの、何か策はあるの？」

階段を下りる魅音の後頭部を見下ろしながら、明日香は足元を気にして問いかける。

「策なんて必要ないでしょ。明日香チャンってホント頭でっかち！　頭で考えてるだけじゃ、なんにも進まないのよ!!」

もっともらしいことを言ってはいるが、とどのつまりはノープランということだ。

何か、何か案を――。

しかし、彼らの座る席はもう目と鼻の先。五秒以内に自分たちの行動を正当化する策は、阿弥陀如来でも授けようがない。

「つぐみサン！」

ふたりのテーブルの脇に立つと、ばーんと仁王立ちした魅音がはっきりした声で継深の名を呼ぶ。

「あれ、野々原さん。それにあー……夏見さんも、どうしたの？」

予想どおり、継深は悪事を見ぬかれたというよりも、純粋に驚いた様子で目を見開いた。

――うん、これは確実にシロね。

浮気どころか引き抜き云々についても、ただの勘違いなのだろう。少なくとも、後ろ暗いところのある人間は、こんな澄んだ瞳をしていまい。

「いったいどういうことなんで……って、ちょっと、なんですか、コレ!?」

クライアント――榊女史も同席しているというのに、魅音はテーブルの上を指差した。

「え……？」

ホロを使ったフレンチグラデーションのネイルに、照明の光が反射する。

──これは何かの間違いよ。そうでなければ、悪い夢……？

だが明日香の見間違いではなく、テーブルの上にはピンクのマカロンを模したリングケースが、ぱかーんと開いたまま置かれている。

どこからどう見ても、プレゼントのために準備した指輪であり、継深の正面に座っているのは明日香以外の女性だ。

「あ、あの、これはちょっと事情があってね……」

慌ててリングケースを閉じると、継深はそれをスーツのポケットにしまおうとした。

──わたしじゃない誰かに、その指輪をあげようとしていたの？　しかも、元カノかもしれない相手に……!?

つい先ほど、魅音に頭でっかちと言われたことが理由ではないが、明日香は反射的に手を伸ばして継深からリングケースを奪い取っていた。

「あーちゃん!?」

「……ダメ。引き抜きとか、元カノとこっそり会うとか、そんなのいくらでも許すけど、これはダメ。だって、つぐ兄はわたしのものだもの。ほかの女性に指輪をあげるなんて、絶対に許さない！」

もし、明日香の握力がオランウータン並だったなら、今この場で愛らしいマカロン型のリングケースを握りつぶしてやれたのに。

もし、明日香の右目がいい感じに疼く邪眼だったなら、継深から指輪を贈られた相手をひと睨みで呪いつくしているのに。

そして、もし、明日香が継深を愛していなければ、こんなに悲しい気持ちになったりはしなかっただろうに――。

両目から、ぼろぼろと涙がこぼれてきた。メイクが崩れるのを気にかける余裕もなければ、周囲の客から見られることもどうでもよく、まして今まで自分が必死に作ってきた『夏見明日香』らしさなんて無価値で無意味でむなしいだけのものに成り果てる。

「あーちゃん、ちょっと落ち着いて、とりあえずそれ、返してもらえる？」

イスから立ち上がった継深が、明日香の右手をつかもうとした。

「イヤ！　絶対返さない！」

――わたしから取り戻したら、そのひとに渡すつもり？　こんな状況になっても、榊さんとかいう相手に……。

涙に濡れた瞳で、初めて明日香は榊女史に目を向けた。明るい茶色の巻き髪に彩られた彼女は、なぜか目を輝かせて明日香を見つめ返してくる。

――え、あれ、なに、この表情。

魅音から前情報として聞いたとおり、大人っぽくてグラマーな女性だ。想像していたより妖艶な美女ではなく、どこか愛嬌のある顔立ちをしている。

「菅生くん！　よかったじゃないの。絶対返さないってことは、受け取ってくれたってことよ！」

彼女の赤い唇が軽快に動き、そこから前述の声が聞こえてきたわけだが、魅音と明日香はそれまでの勢いを一瞬で削《そ》がれた。というか、硬直した。さらに言うならば完全沈黙である。

「榊くん！　受け取ってもらうっていうのは、そういうことじゃなくてね……！」

「なんだっていいのよ。ホント、体裁ばっか気にしてイヤんなっちゃうわ。ねえ、あなたが明日香ちゃんなのよね？」

外見とはそぐわぬ野太い声は、ハスキーな女性とは考えにくいレベルだ。重ねて、継深が『榊くん』と呼びかけたことも相まって、よく見ればうっすらと喉仏も確認できる。

「あ、はい、夏見明日香と申します……」

「や〜ん、お会いしたかったのよ。ワタシ、菅生くんの高校の同級生で榊俊之《としゆき》と申します。あのね、その指輪は明日香ちゃんのために菅生くんが買ったんだから、返さなくていいのよ。どうやって渡したらいいか、ウジウジ悩んでたんだから、そのひと」

ウフ、と最後につけて、榊女史、もとい榊くんがウインクした。

——えーと、つまり榊さんは男性ってことでいいのよね……？

はっきり本人に尋ねるのが憚《はばか》られ、明日香は困惑のままに曖昧な笑みを浮かべる。

「えっ、榊さんってイタリアの大富豪の奥さまなんですよね？　イタリアって同性で結婚できるんですか!?」

そんなときでも、あえて空気を読まない無邪気さを演じられるのが魅音だ。いつもなら

「何を言い出したの、このバカマルチーズ！」と心のなかで怒鳴りつける場面だが、今だけは感謝の気持ちでいっぱいになる。

「あらー、日本の結婚とはちょっと違うから、奥さまって言い方は新鮮ね。でも、ワタシのダーリンが大富豪なのは真実よ。性別は愛の前では無力なものなの。覚えておいてね、小さなお嬢さん？」

もとより伝聞だらけだった事件は、予想外の結末に落ち着こうとしている。そして、明日香の手に握られているマカロン型のソレについて、今から継深に話を聞かなくてはいけない。

——なんにせよ、つぐ兄は誰のことも裏切っていなかったってことよ、うん。

しいて言うなら明日香との約束の時間を忘れていたことだが、今になっては瑣末な問題だ。

「あらあらあら、菅生くんも明日香ちゃんも真っ赤よ？　ふたりとも、ゆっくり話しあう時間が必要みたいね」

榊に言われて継深に目を向けると、彼は赤面した顔を隠そうと左手で頬を覆っている。

「かっこいいプロポーズの方法を考えてばかりいる菅生くんより、『絶対渡さない』って宣言できる明日香ちゃんのほうがカッコ良かったわよ。ごちそうさま♡」

「ちょ……っ！　榊くん!?」

榊はイスから立ち上がると、テーブルの伝票をつかんだ。

「そうです、そうですよ!!　つぐみサン、今日は直帰ってことにしておきますから、明日香チャンとふたりでお部屋をとってお話しあいするのがいいです！　膝を割って話せば、きっとわかりあえますから！　きゅんきゅん！　ですよ!!」

なぜか榊の隣に立ち、魅音が左手を腰に、右手で継深を指差してビシッと言い放つ。ただし、膝を割って話すとなると、だいぶボディトークの割合が高そうだ。

「じゃあ、魅音は近藤さんの車で榊さんとドライブしてきます。あっ、明日香チャン、麻美さんからプレゼント受け取ってますよね？　ぜひ活用してくださいね!?」

さらには勝手に榊と腕を組み、ぶら下がるような格好で魅音が念を押してくる。

「……膝じゃなく、腹を割って話しあってみます」

あえて返事を濁した明日香は、まだ当惑気味の継深の隣に立ってにっこりと微笑んだ。手のなかにはリングケース。

今の彼女にわかるのは、とりあえず今日の映画はキャンセルになりそうだということだけ。さすがにこのホテルで部屋をとるのは、無謀すぎる。場所を移して話をしようと提案しようとした明日香の耳元に、継深が顔を近づけた。

「――弁明を聞いてほしいので、部屋に行きませんか、あーちゃん」

「魅音ちゃんの冗談を真に受ける必要はないわ。だってここのホテル、とっても高級そうだし……」

彼女の目の前に、すっとカードキーが差し出される。

「今夜、映画のあとに一緒に泊まるつもりで部屋をとっていたので、もう鍵はあります」

敬語は動揺の証。あるいは、愛情の証なのかもしれない。

明日香のことを考えて、きっと継深は指輪を選んでくれたのだろう。さっきは指輪のデザインもろくに見なかったが、彼が選んでくれたのならじっくり見たい。見るだけではなく、継深の手で着けてもらいたい。

「……じゃあ、案内して？」

スーツ姿の継深の左腕に、するりと右腕を絡ませる。

「膝を割って、お話しましょ」

「～～～っっ!!」

またしても彼が赤面したのは、もちろん明日香が魅音の間違いをいったんは指摘したのを聞いていたからこそだった。


♪。+.ｏ.+。♪。+.ｏ.+。♪


部屋に入ると、明日香はコートを脱いでハンガーにかける。背後でスーツの上着を脱いだ気配を感じて、両手を出しながら振り返った。単純に、継深の上着もかけてあげようと思ったのだ。

——いつもつぐ兄がしてくれるみたいに、わたしだって口に出さなくても察してあげられるんだから。

　だが、そんな彼女の動作を見て、継深はなぜか少し焦ったように、

「……え、あっ……、もう、怒ってない……？」

　あろうことか、明日香を抱きしめてきた。

　差し出した両腕が、ハグを求めていると思われたのかもしれない。

「お、怒ってないよ」

　少々どもってしまったのは、さすがにこの勘違いは予測不可能だったからだ。彼は左腕に上着をかけたまま、明日香を抱きしめている。

　――そもそも、わたしのために指輪を買って、どうやって渡そうか悩んでいたつぐ兄を怒るなんて、絶対できないし！

「よかったぁ……」

　ぎゅうっと腕に力を込めた継深が、安堵の息を吐いた。耳の後ろに吐息がかかり、明日香は思わず身震いしそうになる。

「俺、あーちゃんに嫌われたくないよ。嫌われるのが怖くて、もう笑いかけてくれなかったらどうしようって思うと、好きだなんて言えなかった。昔、あーちゃんが俺に『好き』って言ってくれたときも、『この子は恋愛感情で言ってるんじゃないんだから』って自分に言い聞かせてた。俺のほうが大人なんだから、ちゃんと歯止めをかけなきゃって……」

　唐突な告白だが、それがほんとうなら明日香の告白がスルーされた理由も納得である。

「わたし、あのときだって勇気を出して告白したのに、つぐ兄、そんなこと考えていたの？」

顔を上げると、継深が恥ずかしそうに笑みを浮かべた。

「俺も好きだよって言うのが精一杯だった。恋愛感情として好きなのは俺だけだって思ってたから。それに——もし、勝手に期待して手を出して、あーちゃんに泣かれたら困る」

ついさっき、明日香にしては珍しく大泣きしたのを思い出したのか、まだ少し赤い目尻に軽いキスが落ちてくる。

「わたしを泣かせるのはつぐ兄だけよ」

「えっと……、そ、それは光栄です……？」

さて、このまま第二回愛情確認の儀へ移行すべきか、あるいは彼の口から指輪に関する榊とのあれこれを聞くべきか。正直なところ、指輪のことも気になるが、キスしたい気持ちのほうが強い。

——つぐ兄の泣きぼくろ、ほんとかわいい。

彼の肩に両手を置いて背伸びをすると、継深が少しだけ膝を曲げてくれる。目を閉じた彼は、キスを待っているに違いない。だけど今はまず——。

右目の下、ぽちりと愛らしい泣きぼくろに唇を寄せると、彼の体が一瞬こわばった。

「継深の泣きぼくろ、好き」

目を開けた彼に、微笑んで告げる。見る見るうちに継深の頬が赤くなり、それがかわいくて今度は唇にキスした。

「あ、あのね、俺はこう見えて二十六歳で、あーちゃんよりずっと年上なんだから、からかわないでください！」

「からかってないよ？　かわいくて好きだなーって思ったから、そこにキスしたかったの。でも、やっぱり唇のほうが……ん、んん……っ」

彼女の言葉を遮るように、継深が唇を塞ぐ。

キスは唇と唇を重ねるだけではなく、心を重ねる行為なのだと教えてくれたのは継深だった。

「……俺としては唇のほうが嬉しかったりするので。そ、それはさておき、とりあえず話をしようか！　飲み物注文するよ。何がいい？」

強引なキスをごまかすように、彼は明日香から離れるとテレビボードの上にあったメニューを手にする。

かわいらしい彼を見ていたら、やっと気持ちが落ち着いてきた。自分でも気づいていなかったけれど、明日香はかなり浮き足立っていたようだ。

それもそのはず、今も彼女の手のなかにはマカロンを模したリングケースがある。指輪のサイズを教えたことはあっただろうか。長いつきあいだから、もしかしたらそんな話をしたこともあったのかもしれない。あるいは、彼女の指を握って「このくらいかな……」と継深が考えていた可能性もあるわけで、そうだとしたら店頭でなんと言ってサイズを説明したのだろう。

——ああ、ジュエリーショップではにかんでるつぐ兄を想像するだけで、あまりにかわいくて身悶える……っ！

自分では落ち着いたつもりでいただけで、やはり明日香はまったく、さっぱり、ちっとも落ち着けてなどいないため、にやつきそうになる口元をそっと指先で隠す。

そんな彼女の眼前に、継深がメニューを開いて見せてくれた。先ほど、彼が榊と会っていたラウンジのカフェメニューらしい。

「決まった？」

「わたし、アイスティーでお願い」

正直なところ、せっかくの高級ホテルのメニューさえ、今の明日香の頭には入ってこなかった。なにせ、もしかしたら今からプロポーズされるのかもしれない局面だ。人生の大一番、ここぞとばかりに鼓動も逸る。

「わかった。注文するね」

彼が内線の受話器を手にして明日香に背を向けたのをきっかけに、やっと大きく深呼吸ができた。多少頭でっかちで耳年増だろうと、恋愛初心者に変わりはない。大好きなひとふたりきりになれば、明日香だってそれなりに緊張するし、握りしめたリングケースが無事かも心配する。

——それにしても、映画のあとにお泊まりしようと思って部屋をとっておいた、って……。

継深のやわらかな声をＢＧＭにぐるりと室内を見回せば、さすがは高級ホテル。品の良い遮光カーテンの緑色と、木目を活かした家具の茶色を基調とした、統一感のある内装は気持ちをリラックスさせてくれる。ソファに置かれたクッションはカーテンと同じ色合いで、黒胡桃のテーブルの上にはガラスの菓子器にチョコレートが宝石のようにレイアウトされていた。

「——はい、お願いします」

継深が受話器を戻すのを感じて、明日香はさりげなくダブルベッドに近づく。ふかふかの大きな枕が並んでいるのをちらりと見て、ワンピースの裾を気にしながらベッドに腰を下ろした。

——つぐ兄は、今夜ここでわたしとするつもりだと思っていいのよね？

途端に整えられた寝具が淫靡なものに思えてくる。涼しげで優しい表情の裏に、継深でも欲望を秘めているのだろうか。片思いが長すぎたせいか、あるいは彼を神聖視しすぎているのが原因なのか、明日香には継深の性欲をうまくイメージできない。そのため、こんなふうに彼が準備をしていたことを知ると、普段の継深とのギャップに悶絶しそうになる。当然、喜悦による身悶えだ。

「気に入った？」

明日香の隣に座って、継深が彼女の顔を覗き込んでくる。

「ええ、ベッドがとっても気持ちよさそう。こういうホテルって泊まったことがないから、なんだか緊張しちゃう」

「俺も仕事以外でホテルに泊まることなんてないから、あんまり詳しくないんだけどね。ここは以前にお世話になったデザイナーさんが手がけたって聞いてたから、一度見てみたかったんだ」

ふわりと微笑む彼は、恋人とふたりで泊まるということがどんな意味を持つのか、まったく考えていないように見えた。清らかさは、時に残酷なものだ。自分ばかりが、継深との夜に期待していると知って、明日香は小さく落胆する。

「そうだったの。とてもステキなお部屋ね」

だが、そんな気持ちをおくびにも出さず、明日香はにっこり笑いかけてリングケースを継深の前に差し出した。

「あっ……、えーと、それ、返してもらってもいいのかな……？」

「もちろん。さっきはごめんなさい。ムキになってしまって、榊さんに驚かれなかったかしら」

つとめて冷静に、穏やかに。作り上げてきた『夏見明日香』を演じる必要性はもうないと知りながら、それでも気づけば継深の前でいい顔をしてしまう。彼に好かれたくて作った仮面は、今度は彼に嫌われないための仮面になった。

「……残念って言ったら、あーちゃんは怒るのかな」

「残念？」

ピンク色のマカロンを手に、継深が肩をすくめる。

「昔から、あーちゃんはいつもいい子だったでしょ。年齢のわりに大人びた、分別のある子っていうのかな。だけど、俺に見せてくれないだけで、ほんとうのあーちゃんにはもっといろんな感情がある。ワガママを言って俺を困らせたり、我慢せずに泣いたり、そういういろんなあーちゃんを見たいって思っちゃうんだ。だからさっきは……驚いたけど、少しだけ嬉しいって思った。ごめんなさい！　きみを泣かせておいて嬉しいなんてサイアクだってわかってるんだけど、それでも嬉しいって思っちゃったんです」

黙っていればバレないことなのに、継深は自らすべてを明かしたうえ、謝罪までしはじめた。

奇しくも、彼との関係を変化させたいと願った際の「いい子をやめる」発言に重なるところがある。あのときは、いい子をやめなくていいと言ってくれた継深が、今はもっとワルイ子な面を見たいと言う。

「……それって、わたしと特別近くにいたいって言葉に聞こえる」

「そのつもりで言ったんだけど、もしかしてあんまり伝わってなかった!?」

やらかしたとばかりに、継深が眉根を寄せてひたいに手をやった。

こんな表情を見られるのも、彼の特別な存在になったからだと思うと感慨一入《ひとしお》だ。

「……俺は、あーちゃんの特別でいたいんです。特別じゃないとイヤなんです。もう、ただの近所のおにいさんには戻れないんです！」

つい先ほど返したばかりのピンクのマカロンが、彼女の目の前に突き出される。無論、明日香とてただのご近所さんに戻るつもりなどないのだが、その気持ちは継深に伝わっていなかったということだ。

ごくり、と彼が唾をのむ。喉仏が上下する動きに、継深が緊張しているのが伝わってきて、明日香も思わず息をとめた。

榊がだいたいのことは暴露してしまったので、なんとなく想像はつく。それでも、継深の言葉で聞きたい。継深の心を聞きたい。ほんの少しも聞き漏らさず、彼のすべてを知りたい。

「だから、俺とけっ……」

ピンポーン♪

緊張顔のふたりの間に、ひどく間の抜けたチャイムの音が響いた。

「……飲み物、届いたみたいだね」

手にしていたリングケースをポケットにしまい、継深が穏やかな表情で立ち上がる。

――き、緊張した～っっ！

部屋の入口に向かって歩き出した継深の背を確認してから、明日香は大きく息を吐いた。

絶対、顔が赤くなっていたと思う。かわいい女の子から程遠く、鼻孔だって広がっていたかもしれない。そんな顔を見られるくらいなら、両手で覆っておくべきか。そんなことを考えていると、突然ぐいっと顎をつかまれた。

「っっ……!? ん、ん……！」

ほんの三秒の、短く甘いキス。

驚いた明日香が瞬きを繰り返している間に、継深の唇は離れていく。

「注文したのも俺なんだから、届くのは当然なんだけど……。ちょっと今のは間が悪すぎて悔しかったので！」

早口に言いたいことだけ言って、彼は今度こそドアへ向かった。

——ふ、不意打ち……っ!!

もっと情熱的なキスも、もっと甘いキスも、もっと淫らなキスも経験したあとだというのに、三秒間がやけに心をくすぐったくさせる。こそばゆくて、むずがゆくて、どうにもできないくらいに愛おしい。

今なら顔から湯気が出せる気がして、明日香はワンピースの裾がめくれるのも気にせず、ベッドにうつぶせに倒れこんだ。

「……どうしてこんなに好きなんだろ」

口に出してみると、いっそう想いが加速する。これ以上好きになどなりようがない。何度もそう思うのに、気づけばさらに想いは深まるばかりだ。感情には果てが存在しないのか。あるいはメビウス状に、それともトリックアートのようにぐるぐると好きの気持ちがループしているのか。

「え、えーと、そういうひとりごとは嬉しいけど、できたら先にスカートの裾を直してもらえると助かるっていうか……」

「えっ⁉」

慌てて起き上がると、テーブルに飲み物のトレイを置いた継深が右手で顔を覆っている。

お尻までめくれ上がったワンピの裾を整え、明日香はお行儀よくベッドに座り直した。

今さらかもしれないが、だらしない格好で寝転んでいたのを見られて幻滅されたくはない。

まったくもって、仮面をかぶっておいたほうが簡単だ。カッコ悪いところも見られずに済むし、みっともない感情を知られずにいられる。だが、継深がほんとうの明日香を見たいと言ってくれる気持ちもわかるのだ。明日香も同じで、もし彼がいつも仮面をつけていたら寂しい。もっと本気でぶつかってほしいと思うに違いない。

──だからって、何もかもすべてお見せしますってわけにはいかないけど‼

心のなかで前置きしてから、小さく深呼吸して立ち上がる。

「あーちゃん？」

「榊さんの件についてはいろいろ聞きたいことがあるの。だけど、その前に……」

ゆっくりと歩み寄り、継深の正面に立つと、明日香は彼の目を見つめた。

「わたし、つぐ兄にいい子だって思われたかった。だから、ほんとうは全然いい子なんかじゃないのに、たぶんムリしていたんだと思う。それがつらかったとか、そういう意味じゃない。ただ、少しでも好きになってほしくて、自分を取り繕ってた。そんなわたしでも、つぐ兄は好きでいてくれる？」

「もちろん、大好きだよ」

「じゃあ、大学を卒業したら結婚してください」

いともあっさりと、思っていたより詰まりもせず、明日香の唇は最重要事項を紡いだ。

プロポーズは男性がするもの、なんて、そんな古めかしい慣習は投げ打って、ほしいものをほしいと言える自分を彼に見てもらいたかった。

頭のなかで、数えきれないほど繰り返した花いちもんめ。ほしいのは、いつだって継深ただひとり。ならば、心と体と未来のすべてを差し出して、彼に告げるほかあるまい。

「あ、あぁぁあぁぁあーちゃんっっ!?」

「……ダメ？」

大学生の自分にはなんら約束された未来もなく、結婚するにはもっと大人になってからと思われる可能性があるのはわかっていた。

それでも、どうしても。

明日香にとって、継深のお嫁さんになることが子どものころからの将来の夢で、進学も就職も資格試験も関係なく、彼のそばにいられる約束がほしいのだ。

「ダメじゃない！　ダメじゃないし、嬉しくて死にそうですけど!!」

彼の腕が伸びてきて、ぎゅううっと明日香を抱きしめた。

――ダメじゃないなら、結婚してくれるって思っていいの？　あの指輪は、恋人の証ってだけじゃなく、もっと深い意味のあるものだって思っちゃうけどいいの？？

「〜〜〜っっ、します。もちろん、ほかの男になんて絶対あげません！　というか、俺から今日その話をしようと思って、指輪まで準備してきたんですけど！」

「ふふ、先手とっちゃった」

小さく笑って彼の背中に手をまわす。すると継深は、ますます困った声で、

「俺の好きな子は、かわいくてカッコ良くて頭が良くて小悪魔で、だけどやっぱり最高にかわいくて、どうしようもないくらい大好き」

そう囁いてキスをした。


S字デザインのリングには、ダイヤモンドが二粒輝いている。中央の大きな石と、それに寄り添うかわいらしい小粒の石。薬指にはめてもらった左手は、継深の肩に添えるように置いて、明日香は右手をリズミカルに動かしていた。

「……っ、もう……限界だから……っ」

ベッドのヘッドボードに背をつけて、枕にぎゅっと爪を食い込ませた継深がらしくもない声をあげる。

「ほんとに？　さっきもそう言ったけど、まだ我慢できてるよ、つぐ兄？」

継深の開いた膝の間に割りこむようにして、明日香はちょこんとベッドの上に座っていた。年上の恋人にせつなげな声をあげさせるのは、握ったものを扱く白い右手。

「ほんとに、もう……っ」

前髪の下でひたいに汗が浮かび、ひそめた眉根が甘く淫らに愛を乞う。けれど、彼の清廉な美貌とは裏腹に、獰猛さを覗かせる情慾だけが明日香の手のなかで暴れていた。

「じゃあ、キスして確認していい？」

赤らんだ頬で子どものようにこくりと頷いた継深が、軽く目を閉じる。キスして確認するだなんて、何をどう確認しようものかと普段なら思うだろうに、さすがの彼もこうあっては思考力が低下しているらしい。

――それとも、わたしを信じているから疑わないっていうなら、ますます愛しくてたまらないんだけど……。

伏せた睫毛にキスしたくなる気持ちをぐっとこらえて、明日香は体を前に倒す。足先を左にずらした横座りで、上半身を前に倒したら唇にキスはできない。まして、睫毛にはなおさら届きはしない。

それもそのはず、明日香はもとより別の場所にキスをして確認しようとしていたのだから。

「ちょ……っ、あ、あーちゃ……んん……っ！」

先端を濡らした彼の劣情は、思ったよりもすべらかな質感をしていた。手のなかでせつなげに身を震わせ、時にひくりと跳ね、強弱をつけて扱くとトロリと粘着質の涙をこぼす。

明日香は躊躇なく、膨らんだ切っ先を口に含んだ。容赦なく屹立したそれは、臍に届かんばかりに勃《た》ちあがっているため、簡単にくちづけることができた。

「んーん？」

「く、口に入《な》れ《ー》た《に》ままし ゃべるの、ダメだって……！」

好きなひとでなければ到底できそうにない行為だが、相手が継深だから問題はない。明日香は唇を窄めて、舌先でちろりと彼の昂ぶりをなぞってみる。

「う……っ、あ、ちょ……」

急に声が高くなったり、呼吸が速まったり、逃げを打つ腰がびくりと揺らいだり、継深の反応はどれもこれも新鮮だ。こんなふうに男性のものを咥えるのは初めての経験で、さらに付け加えるならば咥えられている継深の反応を見るのも初めてなのだから当然か。

――男のひとが喘いでいる声を聞きたいなんて、今まで思ったこともなかった。だけどつぐ兄の声なら、どんな声でも聞きたい。

熱を帯びていく声音と、切羽詰まって揺らぐ腰。そのどちらも同じくらいに愛しいと思った。

ちゅく、と唇を使って扱いてみた途端、強引に継深の両手が明日香の体を押しのける。

「ほんとうに、もうダメだから！」

肩で息をする彼は、目尻を真っ赤にしていた。泣きぼくろの周辺も赤く染まり、いっそう色っぽく艶めいて見える。

「どうして？　気持ちよくない……？」

「気持ちよすぎるからダメなの！　ていうか、あーちゃん、わかっててやってるよね!?」

えー、わかんなーい、とばかりにとぼけ顔をし、さらに右手を伸ばそうとしたところをぎゅっと抱きすくめられた。

「……嬉しいよ。俺にだけ見せてくれるどんな顔もかわいいし、大好きだし、幸せだって思う。だけど、プロポーズも先にされちゃったし、ここからは俺にさせて？　ね……、お願いだから……」

前髪の上からキスされて、明日香はちらりと顔を上げる。

「もう、しょうがないなあ。大好きな継深のお願いなら、断れないわ」

「恩に着ます」

それこそ「しょうがないなあ」という表情で、彼が目を細めた。明日香も自然と笑顔になる。すると、継深は顔を傾けてキスをひとつ。

「大好きなので、明日香を抱かせてください」

「……ハイ、よろしくお願いします」

生まれたままの姿になって横たわると、彼がこっそり枕元に避妊具を置いた。

「そういえば、ちょっと気になってたんだけど、野々原さんがくれたって言ってたアレって……」

「魅音ちゃんは、わたしとつぐ兄を応援してくれているの」

にっこり微笑んで、明日香は継深の胸に抱きつく。

「こんなときに、ほかの子の名前を出すのはちょっとイヤ。それとも、つぐ兄は気にならないの？　たとえば……今日、事務所で魅音ちゃんはまだわたしたちがやってないと思って、近藤さんと高峰さんの前で『これだから処女は！』みたいに言ったんだけど」

頬を押しあてている彼の胸が、どくんと大きく震えた気がした。

「なにそれ、博也と永太の前で？」

「そう。今、こんな話されても気にならない？」

「……気になるよ」

継深が上半身を起こし、その勢いで明日香を押し倒す。顔と顔が近づいて、彼の瞳にまっすぐ射貫かれた。

「今じゃなくたって、そういうのはほかの男に勘ぐられたくない。明日香のかわいい表情とか、声とか、想像されるのもイヤだよ」

――あれ、思った以上にイヤがられてる？

処女かどうかを勘ぐられるのは、明日香にとっては別段なんということもない。真実は継深だけが知っていてくれればいいのだ。

「あんまり、ほかの男に優しくしないで」

いつもより低い声で言うと、継深は明日香の返事を待たずにキスを落とす。

「ん……っ……」

「誰かが明日香を好きになるのもイヤだ。ねえ、俺だけのものになって……」

彼の唇が顎からのど、鎖骨を伝って胸元へ移動していく。やわらかな肌の上を舌先で撫でられるだけで、背筋がぞくりと震えた。

「ここ、俺だけのものでしょう?」

手のひらで胸を持ち上げ、継深が左の先端をちろりと舐める。かすめただけの舌先に、もどかしさを覚えた。

「や……、つ、継深……」

「ねえ、俺だけの明日香だって言ってよ。そうじゃないと、嫉妬でおかしくなりそう。こんな俺は嫌い?」

軽く歯を立て、先端だけを舌で舐《ねぶ》り、彼はもう一方の乳首を指先で捏ねる。

「わたしは継深のものよ。ほかのひとなんて……知らな……、あ、ゃぁ……っ」

「好きって、言って?」

「好き……、大好き、ん、んん」

その告白を待っていたとでも言いたげに、彼は乳暈ごと口に含んで甘く淫らに吸い上げた。きゅうっと口腔で絞られた胸の先が、せつないくらいに感じている。

「全部、継深だけのもの……だから……、あ、ぁ、んん……っ」

彼の慾望を手で慰めていたときから、明日香の体は甘く濡れていた。秘めた部分に継深の指が這い、蜜口までたどり着く。すでにしとどに濡れた柔肉で、焦らすように指先が躍った。

「すごく濡れてる。ねえ、俺のを弄《いじ》っていて、こんなになっちゃったの?」

「恥ずかしいから、言わないで……」

「聞きたい。明日香は、俺のをさわって興奮したのかな」

ちゅくん、と継深の中指が蜜口にもぐり込む。長い指は、濡れた粘膜を優しくなぞりながら奥へ奥へと進んできて、明日香は腰を揺らした。

「こ、興奮したの。継深のさわってたら、すごく愛しくなって、もっとさわりたくなって……。さわるだけじゃ足りなくて、キスしたくなった。ほんとうはそれだけじゃなくて……もっと……」

体の奥深くに迎え入れたいと思った。

彼の愛情を知って、いっそう欲深くなる。知れば知るほどほしくなり、与えられればさらにその先まで知りたくなる。

「……もっと？」

言葉の続きを促すキスに、明日香はイヤイヤと首を横に振った。長い黒髪がシーツの上で波打ち、白い肌をいっそう引き立てる。

「きっと、同じ気持ちだよ。俺もあのとき、手だけじゃイヤだって思ってた。明日香のなかに入りたい、って……」

いつの間に準備したのか、継深は避妊具を装着すると明日香の体を抱き起こした。ソレを着けたからには挿入してくれるのかと思ったのに、どうしたのだろうか。つい不安になって、明日香は睫毛を瞬《しばたた》かせる。

「……そんなかわいい顔で心配しないの。別にヘンなことしないよ。ただ、できるだけ優しくしたいから。こっち来て、抱っこさせて」

枕を腰の後ろに当てると、継深が胡座《あぐら》をかいて明日香の体を引き寄せた。

「え、抱っこって……？」

この体勢から、どう抱っこされろと言われているのかわからず、なんとも中途半端な格好で継深の首に両腕をまわす。

「はい、こっち」

「きゃぁっ⁉」

両腕で抱き上げられ、反射的に目を閉じた。次の瞬間、内腿の間に脈打つものが挟み込まれる。

「な、なんでお姫さま抱っこ⁉」

彼の左腿の内側にお尻を下ろされたことに戸惑うが、薄く微笑む継深は「ああ、うまく入らないなあ」なんて呟いている。

「最初からあんまり激しくすると、明日香も苦しいかなって。これだと、深く入りすぎないみたいだから、……ごめん、ちょっと足開いてもらえるかな。そんなに太腿ぎゅっとされると、ん……っ」

もぞもぞとお互いに腰をずらしているうちに、彼の切っ先が蜜口にはまり込んだ。

「……っ、あ、継深……っ」

「じょうずだね。ん……、ゆっくり挿れるから、だいじょうぶだよ……」

彼の言うとおり、あまり奥までは入ってこない。けれど、腰と膝の裏を継深の手で支えられ、胸もおなかも丸見えだ。少しでも足を開けば、つながるところさえ見えてしまうかもしれない。

——や……、こんなの恥ずかしい！

そう思ったとき、腰の奥がきゅうっと狭まった。

「やっ……ん！」

「こーら、まだ動いてもないのに、そんなに締めたらダメ。もっと優しくさせて。明日香のこと、心から愛してるって伝えたいから……」

ゆるゆると体を揺らしながら、継深がキスを求めてくる。もどかしいほどの緩やかな快楽に、明日香は自分から舌を絡めた。

奥まで突き上げられるのとは違う。かといって、自分から動くわけにもいかない。不安定な体勢に、焦れったさが募っていく。

「ああ、涙目になってる。明日香、かわいい……」

右腕を彼の首にまわした明日香の、ふっくらとやわらかな胸に継深が吸いついた。ちゅ、ちゅうっと音を立てて敏感な胸の先を吸われると、恥ずかしいのに腰が揺れるのをやめられない。

「これ……、やだ、ダメぇ……っ」

「どうして？　明日香のなか、嬉しそうに締めつけてくるよ。ほら、胸を吸うと悦《よろこ》んでる……、ね……？」

継深の舌先が乳首に絡みつき、それに応えるように明日香の隘路がきゅうん、と窄《すぼ》まる。

「だって、動いてないのに感じてるの……、バレちゃう……っ」

涙目で訴えると、継深がきつく胸を吸った。

「あぁ、っ……」

「そんなかわいいことを言うのは逆効果」

深くつながることができないせいで、ますます彼がほしくなる。もっと奥まで、もっと強く、もっともっと継深を感じたい。

——なのに、どうして……？

体はもどかしさに震えても、心は違う喜びを覚えていた。自分本位に明日香を抱かないようにと、継深はきっと考えて行動してくれている。彼自身の快楽のためではなく、明日香を怖がらせないように、明日香を傷つけないように。

「……き、もちいぃ……っ」

膝に力を込めて、内腿をぎゅっと閉める。すると、甘濡れの粘膜に包まれた彼の楔が明日香のなかでぴくんと跳ねた。

「あ、こら……、そんなに締めちゃダメだってば……！」

「だって、気持ちいいの。継深が、こんなふうにしたんだから……責任とって……？」

彼の首にぎゅっと抱きついて、自分から腰を揺らす。はしたない、浅ましい、あられもない格好。それなのに、ただ愛しくてたまらなくなる。今、自分の体が受け入れているのは継深そのものではないけれど、限りなく継深の本能に近い存在だ。

「あぁ、もうほんと……かわいすぎてずるいなあ」

言うが早いか、継深が明日香の体を気遣いながら足を大きく開かせる。そのまま彼の腰をまたぎ、向かい合って抱き合う格好になった。

「痛くなったら、ちゃんと言ってね？」

「ん……っ、でも、痛くないの。気持ちい……、あ、あ、ぁっ……」

もどかしさに打ち震えていた最奥に、欲した熱が与えられると、もう何もわからなくなる。

「いいよ、いっぱい感じて……」

どちらから腰を使いはじめたのか、気づけばふたりはお互いの体を抱きしめあって悦楽を貪っていた。

分け合う喜悦に、甘いキス。

初恋が実らないなんて、そんなジンクスは必要ない。

「好きだよ、明日香……っ」

「わたしも……、あ、ぁ、継深が好き……」

汗で濡れた背をぎゅっと抱いて、明日香は快楽の果てへ追い立てられる。

「んん……っ、も……ダメ、イッちゃう……」

「イッて……？　明日香のイク声、聞きたいよ」

焦らされたぶん感じやすくなった体が、継深の甘やかな声に導かれてびくんと痙攣した。

「あっ、あ、ぁ、つぐ、み……っ」

きゅうぅ、と蜜口が狭まり、彼の愛杭を引き絞るように淫路が蠕動する。一瞬、動くのをやめた継深が、せつなげに息を吐いた。

「は……、明日香のなか、いやらしくうねってる。ねえ、わかる……？」

彼女自身に確かめさせようというのか、収斂する内部に円を描く動きで継深が腰をまわす。

「やぁ……っ！　ダメ、動かな……あ、あっ」

「このまま、もう一回、明日香のかわいい声聞かせて」

耳に唇を寄せた彼は、明日香の返事を待たずに先ほどよりも強く突き上げはじめた。

達している最中に穿たれるのだから、たまったものではない。明日香は何度も体を震わせ、泣き声を漏らした。

「あっ、あ、継深、ダメだってば、ん、ん、こんな……おかしくなっちゃうぅ……」

ダメだと言いながら彼の動きを受け入れて、明日香の体も次なる波を期待してしまう。

この先には何があるのか。無意識なのに好奇心旺盛な、継深しか知らない体。

「イキっぱなしだね。きゅうきゅう締めつけてくるのに、そんなに腰を振ったりして、明日香はいやらしい子なんだ……？」

鼓膜を濡らす淫らな言葉も、熱く甘い吐息も、すべてが明日香を狂わせる。

「俺にしか見せちゃダメだよ。こんなかわいい顔、一生俺以外の男に見せたりしないで……っ」

首筋に噛みつくようなキスをして、継深がせつなげに懇願した。薬指に愛の束縛をほどこして、心にも体にも愛の楔を打ちつけてなお、彼は明日香がいなくなることを考えてしまうのだろうか。

「継深だけ……、わたしには、んっ……、継深だけなの。あっ、ぁ、ダメ、こんな……、またイッ……、あぁ……っ」

「いいよ、何度でもイッて。俺から離れられなくなるまで、何度でも……っ……」

下腹部に甘い疼きが広がり、快楽は一点に集束される。束ねた敏感な糸が、継深の熱に引き寄せられていく。

「っ……、俺も、もう……。一緒にイこう……？　明日香、明日香……」

「あ、ぁ、やぁ……っ、イク、イッちゃう……っ」

薄膜越しに、彼の情慾が迸った。

この恋が果てにたどり着く日は来なくとも、愛に変わる日は遠くない。そんな夢を見て、明日香は継深の背に爪を立てた。

「――ということで、俺は引きぬかれてもいないし、まして榊くんと浮気なんてありえません！」

♪。+.゜+。♪。+.゜+。♪


翌日、ホテルをチェックアウトしたその足で、明日香は継深に連れられてデザインフリークへ向かった。

そして、「ツグミ、俺たちを捨てないでぇ～」といきなりすがりついてきた博也を押し戻し、話があるからと永太も呼ぶ。昨日のことを知っている魅音が冷静なのはわかるが、永太も特にいつもと違う様子はない。

応接スペースに集まってもらい、継深が説明したのは――。

「榊くんと会うのを、毎回打ち合わせと言っていたのは俺が悪かったです。個人的に悩んでいることがあって、彼には相談に乗ってもらってたんだ」

「はァ!?　ちょっと待て、どこからツッコめばいいの、ソレ！」

声をあげたのは、当然博也である。

彼の気持ちはわからなくない。なにしろ、事務所では榊が男性だということを誰も知らなかったのだ。聞けば、榊は書類に女性の通名を記入していたらしい。

――見た目だけなら、間違いなく美女だものね。声を聞かなければ、信じられないのも当然よ。

「どこからでも。なんでも答えるよ」

「〜〜〜っっ！　……なんでオレらじゃなくて、昔のダチに相談してんだよ、バカツグミ！」

がるるる、と唸りをあげそうな形相から、博也が怒鳴る。

「……え、そこ？」

永太が苦笑したのももっともだ。

「ソコに決まってんだろ！　何を悩んでたか知らねーけど、ンなの、オレらに相談してくれりゃいいじゃん！」

「いや、もし引き抜きの話とかだったら、相談できないっしょ」

「だって、引き抜きじゃなかったんだから、関係なくね!?」

博也の友情ゆえの怒りはさておき、継深の語ったことによれば、引き抜き云々は完全に魅音の勘違いだったらしい。

「野々原さんが聞いたっていう、『俺には人を引っ張っていくちからはない』っていうのは、まあ、その……」

部下を引っ張っていく、あるいは企業を牽引していくちからではなく、継深が言っていたのは「プロポーズしたいけれど、その相手がついてきてくれるかわからない」という話だったのだ。

「……で、その相手はついてきてくれることになったってコトですよねえ？　明日香チャン」

魅音が目ざとく明日香の左手を見やって、「キラキラですねえ〜！」と言ってくる。

——いや、魅音ちゃんは少なくとも昨日の時点でいろいろわかってたでしょ！

だが、今は余計な口を挟むべきではない。明日香はいつもどおり、穏やかな笑みを浮かべて受け流した。

だが、言われてみれば明日香が勘違いした継善の言葉にも納得がいく。

言いにくそうにしていたのは、麻美が先に榊のことを女性だと説明したからだ。そこに明日香が『昔、親しくしていた女性なのか』と尋ねた。女性ではないが、親しくはしていた。そうなると、曖昧に『そういう言い方もできる』と答えたのは継善なりに気を使った説明だったのだろう。

明日香は昨晩のうちに継深から事情を聞いていたけれど、いくら自分の行動で誤解を招いたとはいえ、性別のわかりにくい顧客（元同級生）にプロポーズ指南を受けていたなんて職場で説明するのは継深もかなり恥ずかしそうだ。

「——つまり、ツグミは明日香ちゃんと婚約したってことでいいの？」

長い弁明と説明のあと、最終的に博也が一言でまとめた。

「……っ、そ、そうだよ。だから、博也も永太も、あんまり俺の彼女に近づきすぎないでね！」

——わあー、つぐ兄、それはわたしも恥ずかしい宣言ですけどー!?

とは言っても、愛されている喜びも十全に感じられる。つきあいはじめのカップルなら、このくらいは許していただきたい。

「つぐみサンって、意外と嫁バカなんですねえ？　魅音、驚いちゃいましたぁ～。ね、近藤サン？」

さりげなく魅音が永太の腕をつかむと、即座にその手が払われた。

「あんまり近づかないでください、野々原さん。香水キツイですよぉ～？　ぷんぷん！」

「しっ、失礼です！　あと、ぷんぷんの使い方は違いますからね！」

「野々原さんさあ、昨日、榊さんにも『語尾にそういう単語をつけて話すのが、最近の日本の流行なの？』って聞かれたでしょ。いい加減、歳相応の話し方を身につけたほうがいいんじゃない？」

「近藤サンなんか、ぷんぷんです！」

「はい、意味わかりませんー」

――このふたりって、こんなに仲が良かったかしら。そういえば、魅音ちゃんは昨日あのあとって……。

なんにせよ、今ここで尋ねるのは憚られる。のちほどLINEでもしてみようか。そんなことを考えながら、明日香は左手に視線を落とした。

そこには約束のリングがあり、バッグのなかにはかわいらしいマカロン型のケースがしまわれている。

これから先、まだまだいろんなことがあるかもしれないけれど、何が起こっても継深を好きな気持ちは変わらない。できることなら、波風の立たない平穏な日々を。それでいて、愛情に満ちた甘い毎日を。

——阿弥陀如来さま、どうかよろしくお願いします！

初冬の陽光がダイヤモンドをきらめかせる。

明日香の願いは、阿弥陀如来ではなく愛しい恋人が叶えてくれるに違いない。

♪。+.゜+。♪。+.゜+。♪

大銀杏の下で、子どもたちが懐かしい遊びをしている。あれはきっと、継善の書道教室の教え子だろう。

——わたしもよく、ああやって遊んだなあ……。

春の訪れが日に日に近く感じられる三月、明日香は庫裏の二階で部屋の片付けをしていた。境内はそろそろ夕陽の色が濃くなる時間だ。早く切り上げて帰らなければ、末娘の結婚が決まってから寂しがりやになった母が待っている。

「あれー、明日香ちゃん、またこっちに来てたの？」

開け放した部屋の入り口から、ひょこっと顔を出したのは静麻だ。

「しいくん、おかえりなさい」

この二年でずいぶん大きくなったけれど、今もまだにんじんが苦手で夜のトイレが怖いらしい。天使はそう簡単に、人間の男の子にはならずにいてもらいたい。

「ただいまー。僕、何か手伝おうか？　つぐ兄ったら、自分の部屋なのに明日香ちゃんにばっか片付けさせてダメだよねえ？」

ランドセルを廊下に投げ出して、静麻が部屋に入ってくる。

「そんなことないよ。これは、わたしがお手伝いするって言ったの。だって、来週からは一緒に住むことになるんだし……」

今月の初めに大学を卒業した明日香は、あと一週間後に結婚式を控えていた。相手は言うまでもなく、この家の長男である。

「ねえねえ、結婚したらやっぱり、明日香ちゃんじゃなくておねえちゃんって呼んだほうがいいかなあ」

「別に明日香ちゃんのままでもいいんじゃない？」

「あーあ、ほんとは僕が明日香ちゃんと結婚したかったのに。歳の差って大きなショーガイだよね」

ふう、とため息をついた静麻が、フローリングにしゃがみこんだ。

「しいくんったら、おねえさんをからかわないで。こんなかわいい子に求婚されたら、心が揺らいじゃう～」

「わあっ、危ないよ、明日香ちゃん！」

来週には義弟となる静麻を抱きしめて、ふざけ半分でぐるぐる回っていると、整理中だったダンボール箱が崩れてきた。

「あー……」

「やっちゃったねえ」

そろそろお暇《いとま》しなければと思っていたのに、帰り際に仕事を増やしてしまい、明日香は自分の迂闊さに肩をすくめる。

「しーずまくーん、あーそーぼー」

階下から、外で遊んでいたと思しき子どもたちが静麻を呼ぶ声がした。

「いってらっしゃい、しいくん。ここはわたしひとりでも大丈夫だから、ね？」

「……うーん、困ったらいつでも声かけてね。明日香ちゃんのお手伝いするから！　――はーあーい、今行くよー」

階段を駆け下りる静麻の足音と、夕暮れの鳥の声、そして聞こえてくるのは懐かしい花いちもんめ。

あの子がほしい

あの子じゃわからん

相談しましょ

そうしましょ

――わたしはきっと、もう花いちもんめはしないんだろうな。

ダンボールから飛び出した小物を片付けていると、見たことのない写真があった。

「……え、これって……？」

間違いない。何度せがんでも見せてもらえなかった得度のときの写真だ。

「わあ、つぐ兄、これはこれでカッコ良い……！」

思わず見とれていた明日香は、部屋の主が帰宅したことにも気づかなかった。

「……久しぶりに明日香の『つぐ兄』って呼び方、聞いたかも」

「えっ!? あ、お、おかえりなさい！」

剃髪写真を慌てて背後に隠し、明日香が立ち上がる。

「ただいま。ごめんね、明日香にばかり片付けてもらって。——ところで、なんの写真を見てたの？」

昨年いっぱいでデザインフリークを退社した継深は、惜しまれながらも『建築家　菅生ツグミ』を辞めた。学生時代に受賞したデザインコンペを元にした建築物やパブリックスペースも無事完成し、新婚旅行にはふたりでそれを見に行く。

「うふふ～、なんの写真だと思う？」

「え……、なんかイヤな予感がするんだけど、まさか……」

彼の表情が、見る見るうちにこわばった。

——そんなにイヤがることないのになあ。だって、じゅうぶん魅力的だもの。

明日香にすれば、どんな髪型であろうとなんの職業に就いていようと、継深は継深だ。

「そのまさかです！　継深、ずっと見せてくれなかったけど、剃髪していてもカッコ良いよ」

ひらり、と隠していた写真を揺らしてみせると、継深が慌てて飛びついてくる。

「あああぁあぁ！　ダメ！　それはダメだから！　返して!!　……って、うわっ」

片付け途中の室内は、足元に小物が散らばっていた。それも、先ほど明日香がダンボールをひっくり返したのが原因なのだが。

バランスを崩したふたりは、床に倒れこんで顔を見合わせた。

「……俺たち、何してるんだろうね」

「んー、たぶん、愛情を確かめあってるんじゃないかしら？　つ、つぐ兄、言ってたでしょう？　目合《まぐわ》うは、目を合わせるって書くって」

あれから二年、まだ二年。

これから先は、いつまでも一緒にいられる日々が続いていく。

「それはそのとおりなんだけど……。えーと、まだこの時間からそういうのは、ちょっと危険かなって……」

少し赤らんだ頬で、継深が明日香を抱きしめた。

「えー？　なんのこと？　わたしは、愛情を確かめるって言っただけなのに、継深にとっては赤面するようなことなの？」

彼の首筋にちゅっとキスすると、バネ仕掛けの人形のように継深は勢いよく起き上がる。

「は……、謀《はか》ったね⁉」

「もう、人聞きが悪いなあ。愛情表現よ？」

「だったら、俺も仕返し……じゃなくて、お返しするから！」

夕陽色に、部屋が染まっていく。

眠り姫にキスする王子さながら、フローリングに横たわる明日香にキスをした継深が、幸せそうに微笑んだ。

「愛してるよ、明日香」

響いてくるのは、花いちもんめ。

勝って嬉しい　花いちもんめ
負けて悔しい　花いちもんめ
「わたしも愛してる、継深……」

甘いキスは、部屋が暗くなるまで続いた。

あとがき

こんにちは、麻生ミカリです。
オパール文庫では5作目となる『草食系(?)僧侶と小悪魔ちゃん』をお手にとっていただき、
ありがとうございます♥ 同じレーベルで5作も刊行してもらうのは初めてなのでキンチョウします！(*ﾟロﾟ*)
このお話はオパール文庫公式サイトで連載したものなのですが、事故のシーンが最終回だったので、
「とんでもないところで終わってしまった!!」と作者本人が冷や汗ものでした。

計算女子と天然僧侶のカップルは、書いていてとても楽しかったです★ ちょっと煮えきらないところのある
ふたりですが、行きつ戻りつの人間らしさが描けていたら嬉しいです。
ちなみに連載前、プロットの段階からヒーローの職業＝僧侶は決まっていたのですが、髪の毛を
どうするか当時の担当氏と悩みましてw(潔くツルッといっちゃう!?と…)
しかしそこは夢のある二次元僧侶ということで、髪の毛アリのつぐ兄になっております。つるつる派の方、
ごめんなさい!!

そして野々原マルチーズ魅音ちゃんの番外編が、ページの都合上収録できませんで…ハイ、わたくしめが
本編を長々と書いたせいです、スミマセン。書きおろし番外編をオパール文庫のサイトで公開してもらいます!!
会員登録すると無料でお読みいただけるので、よろしかったらぜひ──!! (*ﾟ∀ﾟ人)♥

イラストを担当してくださったアオイ冬子先生、オパール文庫ではご一緒するのが3回目になりました♥
今回もステキなイラストをありがとうございます!! アオイ先生の年下男子が大好物と宣言しているアホウは、
声を大にして「年上男子も大♥好♥物！」と言わせていただきます！ つぐ兄たまらんです(*ﾟロﾟ*)ハァハァ
まだ文庫化していない連載も(ミュージシャンのアレです)いずれご一緒できるのを楽しみにしています！

萌え語りにおつきあいくださった担当Fさま！ ギリギリまで原稿をお待たせしてしまい、ごめんなさいっ
次回こそは早めに…はムリでも遅れないようにがんばりますので、見捨てないでくださいまし。

最後になりますが、この本を読んでくださったあなたに最大級の感謝を込めて。
あなたの毎日の、ちょっとした箸休めになれたでしょうか？ 少しでも楽しんでもらえたら、わたしは幸せです。

またどこかでお会いできることを願って。それでは。

M. Asou
麻生ミカリ

はじめまして。アオイ冬子と申します。
お坊さん？僧侶ヒーローがとても新鮮で
たのしかったです！
優しいつぐ兄かわいい大好き!!

アオイ冬子
fuyuko aoi
ありがとうございました

双子ちゃんが
天使だと思います。

…からあげ
たべたり…

Illustration gallery

Opal

草食系《そうしょくけい》（?）僧侶《そうりょ》と小悪魔《こあくま》ちゃん

オパール文庫をお買い上げいただき、ありがとうございます。
この作品を読んでのご意見・ご感想をお待ちしております。

ファンレターの宛先
〒102-0072　東京都千代田区飯田橋3-3-1
プランタン出版　オパール文庫編集部気付
麻生ミカリ先生係／アオイ冬子先生係

オパール文庫＆ティアラ文庫Webサイト『L'ecrin《レクラン》』
http://www.l-ecrin.jp/

著　者――**麻生ミカリ**（あそう みかり）
挿　絵――**アオイ冬子**（あおい ふゆこ）
発　行――**プランタン出版**
発　売――**フランス書院**
〒102-0072　東京都千代田区飯田橋3-3-1
電話（営業）03-5226-5744
　　（編集）03-5226-5742
印　刷――誠宏印刷
製　本――若林製本工場

ISBN978-4-8296-8257-9 C0193